나이 드니 전성기

나이 드니 전성기

시니어모델 유효종의 뒤늦은 '딴짓'

나이 드니 전성기

왈왈folk+

첫 패션쇼를 선보일 터이다

1934년 6월 16일 저녁 8시 반.

서울 종로 중앙기독청년회관에서는 여태껏 볼 수 없었던 이채로운 행사가 펼쳐졌습니다. 〈조선 유행 여자 의복 감상회〉가 바로 그것. 주최한 곳은 〈조선직업부인협회〉이고, 이 소속 여성이 모델로 나섰다고 합니다.

"여자 의복으로 가정에서 입는 옷, 일할 때 입는 옷, 나들이 갈 때 입는 옷, 연회 때 입는 옷, 조상 갈 때 입는 옷, 수영복, 운동복, 그 외에 여러 가지 조선옷을 현대에 조화시킨 것인데, 옷들은 입고서 일반에게 뵈일 터이다."

우리나라 최초 패션쇼를 보도한 당시 신문 기사 내용입니다.

2018년 12월 26일 오후 5시.

서울 압구정 현대백화점 문화센터에서도 여태껏 볼 수 없었던 제 첫 패션쇼 무대가 펼쳐졌습니다. 〈시니어모델 18기 수료식〉이 바로 그것인데 가을 나들이 옷, 털 달린 겨울 외투, 검정 옷에 빨간 장식 옷을 입고 나와 일반에게 선보였습니다.

　어떤 것이든 처음은 있게 마련입니다. 우리나라에서 처음 열린 패션쇼가 그 당시 색다른 볼거리였다면 제 데뷔 무대 역시 저와 가족과 지인한테는 놀랍고 선물 같은 경험이었습니다. 맨 처음을 뜻하는 '효시嚆矢'가 본래 '전쟁 처음에 쏘는 소리 나는 화살'이란 뜻이라고 하죠. 떨렸지만 짜릿했던 '처음'의 기억은 가슴에 화살처럼 박혀 지금껏 울리고 있습니다.

2020년
가을문턱에서

유 효 종

2 열정과 긍정 사이

3 나이 드니 전성기

1 설렙니다, 나이 드는 게

새로운 내 인생

시니어모델로 나서고 첫 워킹이고 첫 무대입니다. 잊지 못할 첫 경험입니다.

나름대로 여유 있게 걷는다고 걸었습니다. 벅차도록 뿌듯했습니다. 이렇게 새로운 인생을 향한 첫발을 내디뎠습니다.

그 길이 어떨지는 중요하지 않습니다. 걷는 게 즐겁고 무대에 서는 게 즐겁고 시선이 즐겁습니다. 그러면 되는 거 아닌가요?

중년 남자의 뒷모습

첫 패션쇼 데뷔 때 찍힌 제 뒷모습입니다. 사람의 뒷모습은 그가 살아온 세월을 비추는 듯합니다.

시니어는 더욱 그렇습니다. 젊음을 거쳐온 경륜과 경험이 스며들어 있기 때문일 겁니다. 그것은 쉽게 살 수 있는 것이 아닙니다.

그래서 시니어는 사회적 가치가 높을 수밖에 없습니다.

ⓒ제이액터스

중절모

사고 싶었던 중절모를 드디어 샀습니다. 막상 쓰려니 용기가 필요합니다. 지금까지 한 번도 해보지 않은 거라 그렇습니다.

눈 질끈 감고 써봅니다. 내친 김에 선글라스도 쓰고 잔뜩 멋을 부렸습니다. 엄두도 못 낼 일을 저지른 겁니다. 용기를 내니 이렇게 다릅니다. 어깨도 으쓱해지고 뭐든 할 수 있을 것 같습니다. 기고만장이 하늘을 찌릅니다.

꽃을 든 남자

첫 패션쇼에서 꽃을 들고 걸었습니다. 남자에게, 그것도 중년 남자한테 더군다나 나한테, 꽃은 어색합니다. 쑥스러워 죽는 줄 알았습니다.

사진을 보니 꽃은 중년에게 더 어울려 보입니다. 자상해 보이고 따뜻해 보입니다. 요샛말로 '므훗' 합니다.

꽃을 든 시니어는 변화의 또 다른 의미입니다.

19

워킹은 느낌이다

오늘 워킹 수업에서 우리 선생님이 강조하고 또 강조하는 말입니다.

배운 대로 똑같이 걸을 수는 있겠지만 남들과 다른, 나만을 나타내는 힘은 자기만이 지닌 느낌에서 나옵니다.

어디 워킹뿐이겠습니까?

걷고Walking 일하면서Working 부딪치는 모든 것과 어떻게 마주할 것인가?
내 느낌대로 내 느낌을 믿으며 갑니다.

그래서 더욱더 '워킹은 느낌'입니다.

시니어, 열정

뭔가에 혼신을 다하는 것.

중년을 넘어서면 열정을 기울이기가 좀처럼 쉽지 않습니다. 그래서 시니어에게 열정을 더욱 요구하는 거겠죠.

그 어떤 노력도 재미를 이기진 못한다는데, 제가 그 재미와 열정에 빠져보려고 합니다.

시니어모델입니다. 지금 그 길로 뚜벅뚜벅 가고 있습니다.

역시 포즈는 어려워

모델이라기엔 아직 햇병아리 중에 햇햇병아리라 이런 말 하긴 부끄럽지만, 역시 포즈 촬영은 어렵습니다.

표정도 영 엉망이고 입술과 어깨에는 왜 그렇게 힘이 '빡' 들어가 있는지……

힘 빼는 게 어렵습니다. 어디 포즈뿐이겠습니까? 세상 일이 그렇습니다. 힘 줘서 얻을 건 별로 없어 보입니다.

그래서 겸손을 또 배웁니다.

첫 오디션

오늘은 또 한 번 뜻 깊은 날이었습니다. 〈2019 서울패션위크〉 무대에 도전하는 첫 오디션을 치렀습니다. 그 무대의 의상 디자이너가 바로 정면 심사석에 앉아 있습니다.

어떻게 걸었는지 기억도 안 납니다. 온 몸은 긴장으로 똘똘 뭉쳐 힘이 빡 들어가 있습니다. 기분 좋은 긴장이었습니다. 오디션에 붙고 안 붙고는 중요하지 않습니다. 이런 큼직큼직한 경험들이 저를 한 발짝 한 발짝 앞으로 나아가게 할 테니까 말이죠.

너무 긴장해서인지 푹 쉬고 싶습니다.

다정한 말에는 꽃이 핀다

패션쇼에 섰습니다. 큰 무대였습니다. 내가 다니는 아카데미가 5주년을 맞아 차린 의미 있고 알찬 쇼였습니다.

첫 번째 콘셉트는 한복. 정말 오랜만에 두루마기를 입었습니다. 관객석에서 연신 휴대전화 조명이 터지니 마치 연예인이라도 된 듯해 뿌듯하고 기운도 돌았습니다. 나머지 블랙·화이트, 레드 색 콘셉트까지 큰 실수 없이 마쳤습니다.

무엇보다 즐거운 건 동료와 함께 수다도 떨고 웃기도 하고 간식도 먹는 '마음 나누기'였습니다. 잘한다, 고맙다, 예쁘다 하며 서로 힘을 주고받으니 누군가의 말처럼 다정한 말로 꽃이 활짝 폈습니다.

좋은 무대였고 좋은 자리였습니다.

© 제이액터스

약점까지 사랑하기

배우는 '깨지는' 경험을 해봐야 한다고 생각해요. 당하고 쓰러져 다시 일어나려고 감정을 추스르는 경험을 하고 그걸 기억해 둬야 절절한 연기가 나옵니다. 제 안의 속물근성이나 혹은 자존심 등 제 실체를 철저히 검증하는 시간을 보냈기에 이젠 제 약점까지도 드러내고 사랑하는 법도 알게 된 것 같아요.

배우 고현정 씨가 어느 인터뷰에서 한 말입니다.

이 말을 생각하며 글씨를 씁니다.

워킹 연습을 할 때 선생님이 늘 강조하는 말, "또박또박 도장 찍듯이 내디더라." 머리로는 이해하면서도 몸이 잘 따르질 않습니다. 처음에는 그리하리라 맘먹으면서도 막상 몇 발자국 지나면 몸이 급해집니다. 내 삶도 그러했을 겁니다.

'또박또박 딛는 삶', 그렇게 쓰고 낙관을 꽉 찍었습니다.

음악에 빠져드는 것

'핫'하다는 춤꾼 리나 킴씨가 TV프로그램에 출연한 걸 봤습니다.
진행자가 묻습니다.
"춤을 잘 춘다는 기준이 뭐라고 보십니까?"

그 분이 답합니다.
"테크닉도 그루브도 물론 기준이 되겠지만 저는 음악에 빠져들어 추는 춤, 그것
이야말로 잘 추는 춤이라고 봅니다."

부끄러움이 확 밀려왔습니다.

워킹 연습을 하면서 늘 느끼던 아쉬움을 일깨워 줍니다. 자세에, 걸음걸이 속도
에는 신경을 곤두세우면서도 정작 음악에 맞추며 걷진 못합니다. 어느 음악이 나와
도 걷는 게 똑같습니다. 굳이 다르다면 속도 정도?

음악이 주는 느낌을 걸음걸이에 옮겨 싣는 것, 풀고 또 풀어 나가야 할 숙제입니다.

열정을 더 팔팔 끓여야

물을 끓이면 증기라는 에너지가 생긴다. 0도씨의 물에서도, 99도씨의 물에서도 에너지를 얻을 수 없기는 마찬가지다. 그 차이가 자그마치 99도씨나 되면서. 에너지를 얻을 수 있는 것은 물이 100도씨를 넘어서면서부터이다. 그러나 99도씨에서 100도씨 까지의 차이는 불과 1도씨. 당신은 99도씨 까지 올라가고도 1을 더하지 못해 포기한 일은 없는가?
– 정채봉 시인, 〈처음의 마음으로 돌아가라〉 중에서

시니어모델 워킹 연습을 시작한 지 8개월이 지났습니다. 중급반을 마치고 전문반 과정으로 넘어가는 지금, 나를 한번 돌아보고 싶었습니다. 지금까지는 어땠고 또 앞으로는 무엇을 더 채워야 하는지.

아직은 나만의 개성을 찾기 어렵습니다. 워킹도 나를 제대로 표현하지 못합니다. 표정은 어색합니다. 몸짓과 포즈는 고지식합니다. 헐~

그래도 연습은 거르지 않았고 큰 무대에 두 번이나 서서 역량을 뽐냈습니다.
잘해왔다고 스스로 칭찬합니다.

물에서 에너지를 얻으려면 100도씨를 넘겨야 한다니 아직 열정을 더 팔팔 끓어
야 합니다. 그렇지만 즐겁게.

ⓒ 이호

안경을 벗으니

평소 쓰던 안경을 벗고 사진을 찍어봤습니다. 염려했던 것보다 이미지가 괜찮아 보였습니다. 자신감이 생깁니다. 안경 쓴 패션모델이 드물다는 염려에다 새로운 이미지를 보여주려는 의욕이 더해진 거죠.

드디어 워킹 오디션에 안경을 벗고 도전했습니다. 어땠을까요? '아니올시다'입니다. 초점을 맞추느라 인상은 인상대로 쓰고 걸음은 흔들렸습니다. 동료들도 왜 안경을 굳이 벗었느냐며 꾸지람이 난리가 아닙니다.

무엇보다 부끄러운 것은 나를 믿지 못했다는 겁니다. 60년 넘게 봐온 제 얼굴에 식상했던 걸까요? 뭔가 바꾸고 싶다는 조급함일까요? 안경을 써야만 하는 내 모습, 그게 나인데 말이죠. 싫으나 좋으나 사랑해야 하는 나인데 말이죠.

꿈을 찾는 것도 즐기는 것도 내 몫

나이 들어 패션모델을 시작했고 생각보다 더 큰 '서프라이즈' 한 즐거움으로 이어지고 있습니다. 그렇다고 100퍼센트 무결점의 즐거움만 있는 것은 아닙니다. 세상의 모든 일이 그렇듯이 말이죠.

시니어모델로 각광을 받는 몇몇 분들을 보면 가끔씩은 '내 목표를 어디에 둬야 하나?' 하는 생각이 들 때가 있습니다. 단순히 무대에 서는 것으로 만족하려 했던 초심이 흔들립니다. '이왕 시작한 것 나도 저기까지는 가봐야 되지 않나?' 하는 조급함이 스멀거립니다. 이제 입문한 지 8개월 갓 넘은 놈이 말이죠.

나이 든 우리를 기꺼이 불러주는 패션 시장은 아직은 많지 않습니다. 그만큼 활동할 영역이 좁습니다. 그럼에도 즐기고 꿈을 찾고 그 길로 걸어가는 것은 온전히 내 몫입니다.

"절대 후회하지 마세요. 좋았다면 추억이고 나빴다면 경험이지요." 이 말이 와 닿는 오늘입니다.

몸에 밴 '나'

우리 아카데미에서 하는 〈포토포즈〉 첫 특강을 함께 했습니다.

사진으로 자신을 드러낸다는 것은 정말 어렵습니다. 난 가만히 있고 찍는 분이 알아서 멋지게 담아내면 좋겠지만 스냅사진이 아니고서야 그렇지가 못합니다. 사진기와 사진작가, 찍는 위치를 따라 자신을 맞추고 표정과 몸짓을 만들어 내야 합니다. 때로는 몸을 비틀고 목을 빼고 표정도 바꿔야 합니다. 나는 '을'이고 카메라가 '갑'입니다.

그렇게 찍혀 나온 '나'는 가공된 '나'일까요? 꼭 그렇진 않을 겁니다. 하나의 포즈에도 웃음에도 눈빛에도 몸에 밴 '나'가 나옵니다. 사진을 보고 나도 모르게 습관이 된 나쁜 자세는 고치고 어색한 웃음은 바꿔 나가야겠죠. 삶도 그리합니다.

결론, 포즈는 어렵습니다.

드레스, 그 빛나는 추억

오늘 워킹 수업 주제는 특별했습니다. 바로 '드레스 쇼'였습니다.

여성 모델 분들은 저마다 준비해 온 드레스를 입고 런웨이 앞에 섰습니다. 남성은 혼자 뿐이어서 마치 결혼 전 웨딩드레스를 입은 신부를 처음 보는 신랑 마음 같았습니다. 모두 눈부시도록 아름다웠습니다.

이제 5~60대를 맞은 중년의 그분들. 가장 소중한 날에 가장 화려한 날에 꺼내 입고 맘껏 뽐냈을 그 드레스. 서로가 함빡 묻은 추억을 함께 꺼내 보이며 어린아이처럼 까르르르 웃습니다.

남미 인디언 속담 중에 '과거는 당신 앞에 있고, 미래는 당신 뒤에 있다'는 말이 있습니다. 잊으려야 잊을 수 없는 한 분 한 분의 황금기, 과거에 끝난 게 아니라 지금도, 등 뒤의 미래에도 반짝반짝 빛나며 이어질 것입니다.

그나저나 정작 아내 드레스는 결혼 전이나 후나 한 번도 본 적이 없습니다.

예순이 우스워

워킹수업에 앞서 워킹 자세를 다시 가다듬어 봅니다. 걷다 보면 자칫 기본을 잊기 쉬운데 내가 그런 것 같습니다. '허리를 꼿꼿이 펴고 어깨는 힘을 빼되 배는 최대한 끌어당기고 허벅지에 힘을 주고 무릎을 스치듯이 큰 폭으로 걷는다.' 늘 들으면서도 막상 걷다 보면 몇 가지 자세를 놓칩니다.

시니어모델이 되려는 이유 중 하나로 '바른 자세'를 꼽는 분이 많습니다. 자세가 늙게 되면 마음도 같이 늙기 때문이죠.

아직 이런 말하기 낯 뜨거운 나이지만 늙음은 늙음을 두려워만 하고 있는 사람에게 더 빨리 찾아온다고 합니다. 마흔이 되어 서른의 유치함을 보았듯이 예순의 눈에는 쉰이, 일흔의 눈에는 예순이 그저 우스울 수도 있습니다. '예순보다 늙은' 게 아닌 '여든보다 젊다'라는 생각이 쉬이 늙는 것을 막아줍니다.

요즘 솔직히, 조금씩 아주 조금씩 힘이 달립니다. 헬스장에선 무게를 줄일 요량만 생깁니다. 걷는 걸 누구보다 뽐냈는데 예전만큼의 거리가 힘겹습니다. 마음과 달리 나이가 막는 걸 느낍니다.

일흔, 여든 선배께선 분명 이럴 겁니다. "조오흘 때다. 네 나이 땐 난 날아다녔어!" 나이 든 티 안내는 거? 구차하고 피곤한 일입니다. 인정하는 게 낫습니다. 다만, 마음마저 같이 늙진 않아야 합니다.

ⓒ 제이액터스

런웨이

무대에 섰습니다.

암전 속에서 자세를 고쳐 잡습니다. 어깨 힘은 풀고 배에 힘을 주어봅니다. 침이 꼴깍 넘어가는 걸 느낍니다. 드디어 조명이 터집니다. 음악이 흐르고 첫걸음을 뗍니다. 객석에선 술렁거림도 멈춥니다. 눈길만이 나를 쫓습니다. 아마도 옷 모양새를 살피고 걸음걸이를 보고 표정을 읽을 것입니다. 여기저기서 휴대전화 조명이 번쩍 빛납니다.

주목받는 이 유쾌한 긴장감, 주인공이 되는 당당함, 무대에 서는 이유이고 행복입니다. 시니어는 더욱더 그렇습니다. 우리한테 전성기는 '왕년'이 아닌 지금 이 자리입니다.

39

어중간한 60대

"시니어라고 하면 최소 70살은 넘어야 되지 않겠어? 그쯤 돼야 얼굴에서 삶의 흔적도 보이고 연륜도 느껴진다고 봐." 나와 워킹을 연습하는 75살 여성 모델 분이 하는 말입니다. 나도 맞장구를 칩니다. "그런 것 같아요. 요새 60대는 시니어라고 보기에 좀 거시기해요."

한때 환갑잔치를 받으며 우대받던 60대의 위신이 영 말이 아닙니다. 은퇴하고 나름대로 이제 경로 세대가 됐으니 대접 좀 받나 했더니 대놓고 청년 취급 합니다. 분명히 나쁜 건 아닌데 내심 억울하기도 합니다. 그러니 시니어모델로 60대는 어중간합니다.

사람이 평생을 살면서 가장 행복을 느끼는 시기는 74살 때라는 보도가 있습니다. 사회적 책임감이나 경제력 부담이 덜하고 이전 삶에서 맛보지 못했던 자기만족의 시간이 더 많아지기 때문이랍니다. 젊은 층과 견줘 삶을 더 고맙게 여기는 것도 이유 중의 하나라고 합니다.

그 여성 모델 분도 워킹 연습 하러 나올 때가 가장 행복하다고 하니 이 이론이 그렇게 틀리진 않을 듯싶습니다.

"하느님, 저 좀 도와주세요. 이번 로또에서 10억이 당첨되게 해주세요. 만약 그렇게 되면 어려운 사람을 위해 반을 떼어 바치겠습니다. 못 믿으시겠다면 먼저 반을 떼고 나머지만 주서도 됩니다."

나이 들수록 이런 헛된 소망이 아닌 진중한 간절함과 포근한 여유가 필요합니다. 그게 패션 못지않은 멋입니다.

무대 뒤 풍경

"아잉~ 어떡해. 중간 턴 안 했어."
"휴~ 난 순서 틀렸는데 안 틀린 척했어. 잘했지?"
"와우~ 떨려 죽는 줄 알았네."
"즐거운 순간이 너무 빨리 지나갔엉~"

런웨이 쇼를 마치고 방금 무대 뒤로 들어온 모델들, 저마다 푸념과 아쉬움과 자책의 한마디씩을 던집니다.

무대로 나가기 전 잘해보자고 그렇게 다짐을 했건만 무대는 호락호락하지 않습니다. 조명은 번쩍이는데 머릿속은 까맣습니다. 남들은 잘했다 해도 스스로는 성이 안 찹니다. 그게 무대입니다.

"첫 코너에서 저만 아는 실수를 했다. 긴장감 이겨내는 것도 실력인데 후배들은 긴장감을 잘 버티는데 전 못 견디겠더라." 국가대표를 지낸 스피드 스케이팅 선수의 말입니다.

어느 대회고 어느 무대고 떨리지 않는 때는 없습니다. 그걸 이겨내는 게 실력이라고 말합니다. 아~ 머리로는 알겠는데 몸이 따라주질 않습니다. 그래서 속상합니다.

그러는 나는 잘했냐고요?

.

.

.

노코멘트입니다.

ⓒ 제이액터스

선생님, 고맙습니다

스승의 날입니다. 세종대왕 탄신일이기도 합니다.

세종대왕 업적 중에 빼놓을 수 없는 것은 궁중음악을 제대로 다듬은 일입니다. 조선 최고의 음악 이론가였던 박연을 시켜 악보를 정리하고 악기들을 수입해 국내에서 만들게 했으며 편경과 편종을 대량 생산토록 했습니다.

음악에 왜 이리 심혈을 기울였을까요? 유교 정치에서 유교적 의례는 무엇보다 중요했고 이 의례에 음악은 필수였기 때문입니다.

워킹에서도 음악은 떼려야 뗄 수 없습니다. 거기에다 꼭 필요한 건 선생님의 가르침입니다. 똑바로 걷고 제대로 나아가게 하고 용기를 북돋웁니다.

세종대왕께서 남겨주신 스승의 날. 불초소생, 꽃다발을 드립니다.

"워킹 선생님, 고맙습니다."

바르게 알아야 사랑할 수 있습니다

오늘 워킹 무대는 남달랐고 뜻 깊었습니다.

〈은평의 마을〉을 아시나요? '은혜롭고 평화로운 마을'이라는 뜻을 지닌 성인 남성 노숙인 요양시설입니다. 서울시 은평구에 있는데, 서울시가 지원하고 구세군이 운영하고 있습니다. 1961년에 설립돼 그동안 14만여 명이 이곳을 거쳐 갔고 현재는 정신·지체장애인을 포함해 1,000여 명 정도가 살고 있습니다.

오늘의 런웨이는 이곳 대강당이었습니다. 우리 아카데미와 박종철 디자이너가 뜻을 모아 〈자선 패션 콘서트〉를 연 것입니다. 우리 워킹 한걸음 한걸음에 무게가 담기지 않을 수 없습니다.

'괜히 사치로 보이진 않을까? 오히려 위화감만 주는 것은 아닐까?' 그야말로 기우였습니다. 모이신 150여 분은 하나같이 뜨거운 성원으로 우리를 응원했습니다. 후일담으로 '패션쇼를 직접 본 것이 처음이었고 감동이었다.'는 말을 들으니 뿌듯하고 벅찼습니다.

내 조그마한 재능이 이렇게 보람 있게 쓰였습니다. 공자는 "인仁은 애인愛人이다."라며 "인이란 사람을 사랑하는 것이고 지知는 사람을 아는 것이다."라고 했습니다. 사람에 대해 바르게 알아야 사람을 사랑할 수 있습니다. 이분들에 대한 내 어리석은 선입견이 한없이 부끄럽기도 한 오늘이었습니다.

ⓒ 제이액터스

하모니

요즘 워킹 연습을 하면서 자주 듣는 지적은 음악을 듣지 않는다는 겁니다. 리듬을 잘 타지 못한다는 거죠. 이른바 '그루브'가 없다는 겁니다.

음악은 굵기도 길이도 높이도 다른 음들이 모여 만들어 내는 아름다운 하모니입니다. 서로 같진 않은데 조화롭습니다. '화이부동和而不同'입니다. 한 소리가 다른 소리를 이기려 않고 작은 소리가 큰 소리를 따라가지 않습니다.

세상사는 것도 그렇다고 봅니다. 다른 사람한테 내 음에 맞추라고만 우기면 싸움이 납니다. 이러면 '동이불화同以不和'가 됩니다. 나이 들수록 서로 공유해 온 삶이 비슷해 어울리기 쉬울 것 같은데 그러지 못할 때가 많습니다.

'관심'이 '간섭'이 될 때도 마찬가지입니다. 바다 속 해산물이 짜지 않은 건 필요한 염분은 받아들이고 나머지는 내보내기 때문입니다. 감정을 조절하며 조화롭게 사는 것, 그게 가장 좋은 선택입니다.

어쨌든 나한테 지금 필요한 건 뭐?

'격렬하게 그루브를 잘 타는 것.'

© 현대백화점

키 작은 남자

워킹을 배우는 동기들 중에 남자는 나 혼자입니다. 동기뿐 아니라 한참 선배인 몇 분 빼고 위부터 후배 기수까지 남자는 달랑 하나였습니다.

첫 수업 때 그걸 확인하고는 당황했고 황당했습니다. TV에서 남자 모델들을 꽤 많이 봐왔기에 나이와 상관없이 수강생이 꽤 있을 거라 생각했거든요. 나이가 든, 그것도 남자가 모델로 나선다는 건 용기가 필요했던 일이었을까요?

그랬던 분위기가 몇 달 전부터 '확' 바뀌었습니다. 남자 모델 수강생이 부쩍 늘어난 겁니다. 시니어모델 '붐'을 체감합니다. 얼마 전 방송에서 모델 데뷔 20년이 된 분이 한 얘기가 생각납니다.

"모델의 몸이 유행에 따라 선택되던 시대가 있었다. 지금은 플러스 사이즈부터 시니어모델까지 다양하다. 나는 패션계가 맞는 길로 천천히 가고 있다고 생각한다. 좋은 현상이다. 왜냐하면 나같이 슬프게 생각하는 사람이 점점 줄어들 테니까."

남자가, 뚱뚱하고 나이 든 분이, 키 작은 사람이 모델을 꿈꾸는 게 무모하지도 용기가 필요한 것도 아닌 문화로 바뀌는 것, '남자인데다 키도 작은' 내가 바라는 세상입니다.

ⓒ유효종

변신

> 연극의 본질은 무대라는 또 다른 세상에서 내가 아닌 다른 존재가 되는 것,
> 즉 변신이다. 변신을 위해서는 우선 나 자신을 알아야 하고 다른 사람을 이
> 해해야 한다. 이것이 연극이 치료의 힘을 발휘하는 이유이기도 하다.
> – 박미리, 〈발달장애와 연극치료〉 중에서

워킹과 연기 수업을 하다 보면 자기의 틀을 깨는 것이 얼마나 어려운지를 실감합니다. '배운 대로'만 하려 하지 그 너머를 과감히 생각해 내서 해보려고 하지 않습니다. 아니, 그런 것에 익숙하지 않습니다. '튀는 것'이 두렵기 때문입니다. 변신은 정말 어렵습니다.

낯선 분야에 도전하는 게 얼마나 힘들겠습니까? 얼마 전 대학로에서 〈보통의 택시〉라는 연극을 봤습니다. 직장에 다니시는 분들이 짬짬이 연습해서 올린 무대인데 그 열정과 짜임새, 연기력에 감탄했습니다. 어마어마한 분량의 대사도 거뜬히 소화해 낸 건 물론이고요.

'거참~ 나만 변신이 어려운 건가?'

나를 남처럼 보기

직장에 다닐 때였습니다. 한때 탄력 받아 잘 나가던 기간이 있었습니다. 나만 그일을 해낼 수 있다는 자만심이 하늘을 찔렀습니다. 주위의 칭찬도 자자했습니다. 그것이 독毒인 줄 모르고 자기만족에 빠져 그 일에만 안주했습니다. 어리석었던 겁니다.

모델 워킹 수업을 하고 때때로 무대에 서면서 동료들한테 칭찬을 많이 받습니다. 전혀 해보지 않은 일을 하려는 나에겐 고맙기 그지없습니다. 그 덕에 힘도 나고요. 하지만 가끔씩 내 스스로 충고합니다. "너 과대평가 받고 있어."

어제 패션쇼장에 갔습니다. 무대에 서는 당사자가 아닌, 관객으로 간 겁니다. 화려한 분장과 옷, 율동과 노래까지 곁들인 동료들의 멋진 무대였습니다. 순간 '감정이입'을 합니다. 나라면 저런 표정 저런 포즈 저런 동작을 생각해 낼 수 있었을까? 자신이 없었습니다.

자기를 한 발짝 떨어져서 보는 게 필요하다고 합니다. 그래야 자존감의 토대가 생긴다네요. 남에게 잘 보이려는 에너지를 아껴 나를 보고 주위를 살피는 쪽에 더 쏟으면 좋은 품성이 더 풍성해진다는 뜻이겠죠.

자화자찬하기 쉬운 나에게 꼭 필요한 지적입니다.

옷은 소통이다

시니어모델이 되고서 가장 달라진 점을 꼽는다면 역시 옷차림입니다. 외출할 때 연예인인 양 '슈퍼 가는 추리닝 바람'으로 대충 나갈 수가 없습니다. '모델 티'를 팍팍 내서 주목받고 싶은 욕망도 없지 않아 있습니다.

스키니 바지에다 윗도리엔 행커치프를 꽂고 때론 중절모도 씁니다. 아내는 이미 입이 댓 발 나왔습니다. 남편 옷에 대한 자기 영향력이 먹히질 않아서입니다. 예전엔 사다주면 군말 없이 좋아라 하며 입더니 이젠 아저씨 옷 같다는 둥 구시렁거린다는 거죠.

옷을 보는 '자기 검열'도 낮아졌습니다. 남세스러워 엄두를 못 냈던 찢어지고 파지고 펴진 옷도 과감하게 걸쳐봅니다. 동료 여성 모델 분들이 한 결 같이 하는 말, "아! 그때 그 바지 버리지 말걸, 그 재킷을 아는 언니에게 왜 줘버렸을까?"

어느 디자이너가 이렇게 말했다죠.

"옷은 나를 단번에 표현할 수 있는 가장 좋은 수단이다. 사람들이 내 옷차림을 보고 궁금해 했으면 한다. 무엇을 하는 사람인지 어떤 생각을 가진 사람인지 그래서 나와의 소통에서 즐거움을 느낀다면 옷 입는 데 성공한 거다."

그런데, 아~ 오늘은 또 뭐 입지?

ⓒ 현대백화점

우리는 모델입니다

'모델'이라는 말을 사전에서 찾아봤습니다. ①완성된 작품의 대표적인 보기라는 뜻이 가장 먼저 나오고 ②본보기가 되는 대상이나 모범 ③패션모델의 준말이라고 적혀 있습니다.

뜻풀이로만 보면 모델은 단순히 '옷의 맵시를 선보이는 사람'에 그치는 게 아니라 '남한테 모범이 되고 본받고 싶은 대상'이라는 훨씬 폭 넓은 의미를 품고 있습니다. 어떻게 보면 '롤 모델'의 역할까지를 포함하는 건지도 모르겠습니다.

모델이 되고 보니 이 뜻의 무게를 실감합니다. 한 번 언급한 적이 있습니다만 옷을 함부로 입고 나가기가 망설여집니다. 걸을 때도, 앉아서도 자세가 흐트러지진 않았는지 자기 검열을 합니다. '모델도 별것 아니네'라는 말을 듣지 않으려 신경을 곤두세웁니다. 자존감이 높아진 겁니다.

우리는 모델입니다. 더구나 넉넉한 연륜을 품은 시니어모델입니다. 나이를 한탄하지 않고 자신의 외모를 소중히 여기고 가꾸어 가면서 꿈을 디자인합니다. 이 과정이 즐겁고 행복합니다. 나이 들수록 소외되기 쉬운데, 이미 우리는 '롤 모델' 자격을 충분히 갖췄습니다.

여기서 느닷없이 내 자랑. 현직일 때 같이 일하던 분들한테서 '본받고 싶은 상사의 롤 모델'이라는 말을 들었습니다. 마음이 뿌듯하고 무겁습니다.

ⓒ 제이액터스

너희는 늙어봤냐?

동학농민항쟁을 그린 TV 드라마를 봅니다. 120여 년 전 민초들을 항쟁에 나서게 했던 힘은 '사람이 곧 하늘人乃天'이라는 믿음이었습니다. 사람은 고귀하고 하늘과 같은 보편성이 있다는 것에 공감한 겁니다.

오래 전 경주 최 씨 가문을 다룬 드라마도 '사람 중시' 사상을 다뤘습니다. 사람이 하늘과 땅의 순리를 거슬러선 안 되듯이, 사람의 마음을 돈으로 얻거나 풀 수 없는 것 또한 하늘과 땅의 순리라는 얘기가 나옵니다. 최인호 소설 《상도》에는 "장사란 이익보다 사람을 남기기 위한 것이며, 사람이야말로 장사로 얻는 최고의 이윤"이라는 유명한 구절이 있습니다.

가끔 노인이라고 무시하는 젊은이를 볼 때면 절망합니다. 나이 들수록 소외가 두려운 것을, 나이가 결코 열등감일 수는 없는데 어쩔 수 없이 움츠러드는 것을, 그 허탈함을 저들은 알까? 너무도 당연한 말이지만 이 세상에 함부로 대해도 되는 사람은 하나도 없습니다.

이럴 때 소설 《은교》의 한 대목이 위로를 줍니다. "젊음이 내 노력으로 딴 훈장이 아니듯이 내 늙음 또한 잘못으로 받은 벌이 아니다." 그리고 시건방진 젊은이한테 날릴 사이다 펀치.

"너희는 늙어봤냐? 난 젊어봤다."

나는 '좌절러'?

모델로 나서면서 좌절감이 들 때가 있습니다. 좌절한다는 게 아니라 어느 순간 문뜩 자신감이 뚝 떨어지는 기분을 느낄 때가 있다는 겁니다. 여러분도 그러나요? 그럴 거라는 데 한 표.

고치고 싶은 워킹 자세가 오늘도 그대로일 때, 워킹 동선(콘티)을 자꾸 까먹을 때, 여기저기 광고에 나오는 시니어모델을 볼 때, 늘 자신만만한 동료를 만날 때……. (이 모두가 자기 얘기 같으면 나랑 같은 수준의 '좌절러'입니다.)

이럴 때 혼잣말을 합니다. '나는 왜 이 모양이지?' 자신을 과소평가하고 그런 못난 점이 들킬까봐 창피한데다 겁도 납니다. 그동안 뿌듯했던 조그만 성공들이 꽤 많았을 텐데도 그 상황에서는 자기의 능력을 의심합니다.

이에 대한 전문가 조언은 넘쳐납니다. 머리로는 알겠는데 가슴까지 오는 데 시간이 걸립니다. 그 중에서 다음 세 가지 충고만은 위안으로 삼고 그렇게 마음먹어 보려고 합니다.

하나, 쭉~ 안 될 거라고 단정 짓지 말자. 처음과 견줘보면 분명 조금이라도 나아졌다. 몇 달 뒤면 한 발짝 더 나가 있을 거다. 둘, 잘 안 될 때 나한테 문제가 있다고 자학하지 마라. 남들도 그랬고, 잘 안 되니까 배우는 거다. 셋, 목표를 너무 크게 잡지 말고 과정을 즐기자. 어차피 즐기자고 시작한 거 아닌가.

ⓒ 이호

한 송이 멋진 무대의 꽃을 피우려면

한 아이를 키우려면 온 마을이 필요하다고 합니다. 꽃을 피우는데도 온 자연이 필요합니다. 제 고등학교 은사였던 배정웅 시인은 "목련 꽃잎 하나 떨림에도 우주의 바람이 필요하였다."라고 했습니다.

눈도 햇빛도 바람도 물도 한 몫 해야 하고 다른 가지들도 힘들게 일해야 합니다. 누구의 시처럼 봄부터 소쩍새는 울고 천둥은 먹구름 속에서 그렇게 울어야 합니다.

언젠가 가슴이 울컥하는 사진 한 장을 보았습니다. 화재 현장 인근에서 땀 젖은 머리에다 검게 그을린 방화복을 입고 컵라면을 먹는 소방관 모습입니다. 보이지 않는 곳에서 일하는 대표적인 분들입니다. 우리가 잠잘 때 거리를 치우는 분들이 있어 아침 출근길에 깨끗한 길을 만납니다. 그리고 집배원, 경비원, 지하철 승무원……. 이루 헤아릴 수 없습니다.

어제 오랜만에 패션쇼 무대에 섰습니다. 초급과정을 막 끝낸 후배들의 수료식에 디자이너 쇼를 겸한 멋진 무대였습니다. 훌륭한 무대 뒤에는 역시 보이지 않는 분들이 있습니다. 쇼를 기획·총괄한 대표를 비롯해 구석구석을 챙긴 직원들, 행사 내내 같이 긴장하며 옷매무새를 고쳐주고 격려해준 워킹 선생님들까지…….

거기에 꽉 찬 관중의 우레와 같은 박수를 더해 우리 무대의 화려한 꽃은 활짝 피었습니다.

무식할 때가 좋았는데

워킹 수업 한 지 1년이 됐습니다. 모델로 나선 지도 같은 기간이 된 겁니다. 처음 시작할 땐 '걷는 것쯤이야 어느 정도 배우면 되지 않겠나.' 싶었는데, 어이구! 천만의 말씀, 만만의 콩떡입니다. 도대체가 배워도 배워도 끝이 없습니다.

허리 곧게 세우고, 배에 힘주고, 11자로 걷는 데만 온 신경을 쓰다가 좀 할 만하니까 어깨 힘 빼랍니다. 표정은 때에 따라 바꿔주고 포즈는 엣지 있게 걸음은 음악을 타야 합니다. 호주머니에 손을 넣고 걸을 땐 어깨 움직임이 달라야 하고, 윗옷을 벗어 어깨에 걸치려면 허둥거려서는 절대 안 됩니다.

'워킹은 반드시 이렇게 해야 한다' 는 규정은 없을 겁니다. 그래서 배울수록 파고들수록 더 어렵습니다. 디테일이 장난이 아닙니다. 무대도 알수록 겁이 납니다. 시니어라고 한 수 접어줘서 그렇지, 사실 프로모델을 꿈꾸는 젊은이한테 수업 1년은 아장아장 걸음마를 갓 뗀 정도에 지나지 않을 겁니다.

조선시대 유한준이 남긴 글이 새삼 와 닿습니다.

"사랑하면 알게 되고 알면 보이나니, 그때 보이는 것은 전과 같지 않으리라."

워킹을 사랑하는 것까지는 잘 모르겠으나 배우고서 보는 워킹은 남다르고, 알고서 걷는 것은 정말 전과 같지 않더군요.

"하산하여라." 이 말을 듣기까진 아직은 멀고도 아득해 보입니다. 아~ 무식할 때가 좋았습니다.

꿈을 꾸면 그 방향으로 갑니다

'모델을 해보고 싶다.'는 작은 관심이 실제로 무대에 서게 하는 씨앗이 됐습니다. 꿈이 현실이 된 겁니다. 그렇게 1년. 더 경험하다 보면 지금보다는 조금 더 큰 꿈도 이룰 것 같은 희망이 생깁니다. 누군가 얘기한 '꿈이란 나아가는 것'이라는 말을 실감하는 요즘입니다.

또 다른 욕심이 저를 부추깁니다. 연기할 때 마다 싫었던 내 목소리를 중후하게 바꾸고 싶었습니다. 묵직한 동굴 소리가 부러웠습니다. 어쩌나 싫었는데 마침 유명 성우한테서 목소리 교정을 받게 됐습니다. 걸음마 떼고 60여 년 지나 워킹을 배우고, 옹알이 끝난 지 언젠데 말하기를 익힙니다.

아카펠라도 하기로 했습니다. 예순 넘은 사람들끼리 연말에 공연을 해 보잡니다. 음감도 없고 음정도 바르지 못한 데 겁 없는 결정입니다. 무식하니까 용감한 걸까요. '아님, 마는 거지 뭐.' 이 믿음에 기댈 뿐입니다.

어찌어찌 낯선 여러 곳에 발을 디딥니다. 모델도, 광고도, 영화도, 연극도, 합창
도 그렇습니다. 낯서니 서툽니다. 그렇다고 용인되지도, 나이 많다고 봐주지도 않
습니다. 가혹합니다.

해보는 겁니다. 모델을 바랐던 꿈을 현실로 만든 경험이 자신감을 세우는 데 한
몫한 겁니다. 그래도 안 되면?

.

.

.

'아님, 마는 거지 뭐.'

약점, 되돌릴 수 없다면

나는 키가 작습니다. 168~9센티미터 사이입니다. (거참 8이나 9나) 60년 살아오면서 키 때문에 불편하거나 고민해본 적은 거의 없습니다. 모델로 나서 남과 비교가 되니 작아 보이고 약점이 됐습니다. 안경 쓴 모델을 본 기억이 별로 없는데 나는 썼습니다. 렌즈로 바꾸자니 불편하고 '안경도 패션이다.'라고 스스로 위안하며 견딥니다.

나이도 약점입니다. 많아서가 아니고 오히려 적어서입니다. 고령 사회이다 보니 시니어모델도 최소 65세는 넘어야 '고령인데도……'라며 인정해 주는 듯합니다. 나처럼 60대 초반은 어정쩡한 '중년'일 뿐입니다.

어느 선배 모델 분은 청력이 아주 약합니다. 무심코 그분 귀에 보청기가 꽂혀 있는 것을 보고 눈치 챘습니다. 군 생활을 비행장에서 한 통에 소음성 난청이 생긴 겁니다. 선배는 "보청기는 나라를 위하다 받은 나만의 훈장"이라며 허허 웃습니다.

다들 약점 한두 개쯤은 안고 삽니다. 어떤 건 되돌릴 수 없거나 고치기 어렵기도 합니다. 그렇다면 빨리 인정하고 다른 강점으로 보완하는 게 필요합니다. 모델 치고는 키가 작은 배우 배정남 씨는 키 때문에 오디션에 수없이 떨어지고는 자기만의 무기를 만들려고 몸을 키우고 감정을 눈빛으로 표현하는 연기를 수백 번 연습했다고 합니다.

  약점 잡힌(?) 모델들이여, 건투를 빕니다.

ⓒ 현대백화점

작은 무대란 없다

패션쇼에 서다 보면 관객을 의식하지 않을 수 없습니다. 얼마나 많이 오셨는지, 어떻게 반응하는지에 민감합니다. 객석이 꽉 차면 아무래도 힘이 나고 잘해야겠다는 의욕도 더 불타오릅니다. 관객은 많은데도 반응이 신통치 않으면 맥 빠지고 자책감마저 듭니다. '우리가 너무 못한 건가?'

공연이 있는 어디든 관객은 중요합니다. 연극에서는 단순한 구경꾼이 아닌, 무대를 만들어 가는 창조자인 동시에 감상자라고까지 평가합니다. 쇼 기획자와 모델이 펼치는 콘셉트를 관객이 이해하고 공감할 때 그 패션쇼는 성공한 거고 무대에 선 보람은 하늘을 찌르게 됩니다.

다행히 나는 무대 울렁증은 적은 편입니다. 아직 모델 초보여서 그런지 관객 수에 따라 감정과 마음가짐이 달라지지는 않습니다. 무대에 서는 것만으로도 뿌듯하기 때문일 겁니다. 하지만 오디션은 또 딴판입니다. 잘해야 한다는 강박관념이 어깨를 짓누르고 표정은 얼어붙고 발걸음은 어색해집니다. 부담감을 툭툭 털어내기가 어렵습니다.

영화배우 김윤진 씨 말이 생각납니다.

미국 드라마에 출연했을 때 단역처럼 보이는 역할 때문에 자존심이 상했
다. 하지만 곧 생각을 바꿨다. 원래 '작은 배역' 은 없는 것인데, 그렇게 생
각했기 때문에 스스로 '작은 배우' 가 됐다.

무대가 작다고 관객이 적다고 대충하거나 비뚜로 걸을 수는 없습니다. 쇼 무대
이든 오디션이든 나를, 우리를 평가하는 엄중한 자리에서 모델은 그 순간만큼은
최선을 보여줘야 하는 '프로' 여야 합니다.

ⓒ 제이액터스

선생님, 우리 선생님

우리 아카데미에는 선생님이 많습니다. 경상도 말로 '천지 삐까리'입니다. 수강생은 모두 '○○선생님'으로 불리니 말이죠. 덕분에, 나도 배우는 학생인데도 선생님 소리를 듣습니다. 남을 가르쳐서가 아니라 나이 들었다고 대접해서 부르는 줄 압니다. 물론 우리 모델 중에는 학교에 재직하고 있거나 은퇴한 진짜(?) 선생님들도 꽤 많이 계십니다.

나는 1년의 워킹 과정을 좋은 선생님에게서 배웠습니다. 3~40대의 멋진 분들인데, 그럴 수밖에 없는 것이 1990~2000년대 〈슈퍼모델 선발대회〉에서 상위 입상한 그야말로 '스타'입니다. 그 실력과 내공은 이미 검증됐다고 봐야 합니다. 연기반 선생님은 잘생긴 실력파 뮤지컬 배우입니다.

섬세함과 다정함 유쾌함 부드러움, 거기에다 카리스마까지 갖춘 분들. 나는 수강 초기, '그 화려한 경력으로 굼뜬 시니어를 가르치는 게 자존심 상하진 않을까?' 의아했습니다. 그래서 직접 물었습니다. 선생님들은 한 결 같이 말했습니다.

"아닙니다. 시니어는 젊은이 보다 배우려는 자세가 훨씬 진지하고 긍정적인데다 삶의 연륜이 묻어나서 오히려 많이 배웁니다. 큰 보람을 느끼고 있습니다."

선생님의 원래 뜻이 '일찍부터 도를 깨달은 자' 라고 하니, 이분들은 분명 '도통' 하신 분들임에 틀림없습니다. 영화 《죽은 시인의 사회》에서 키팅 선생님은 '카르페 디엠'(지금 이 순간에 충실해라.)을 강조하며 학생들이 불확실한 진로를 결정하는 데 도움을 줍니다. 좋은 선생님을 만나는 것도 복입니다. 나한텐 그렇습니다.

소속감

거의 모든 사람들은 어딘가에 속하고 싶은 욕구가 있습니다. 같은 학교 같은 회사 같은 동호회, 우리 가족 속에서 유대감이 생기고 서로가 한 편이라는 공동체 의식을 느끼게 됩니다. 심지어 같은 옷 같은 가방에서도 소속감과 동지애를 느낄 정도이니 말이죠.

영국 어느 대학에서 조사해 보니 가족이나 동호회같이 소속 집단과 자신을 동일하게 여기는 사람일수록 더 행복하게 산다고 합니다. 주변 사람들과 맺는 끈끈한 정은 엔도르핀 분비를 높여 신체적 고통까지 참게 한다는 연구 결과도 있습니다. 그만큼 소속감이 중요하다는 것을 보여줍니다.

시니어모델 대부분이 소속사나 아카데미에 등록돼 있습니다. 그러다 보니 자기 공동체에 대한 애정이 각별합니다. 자기 학원이 최고이고 자기네 수업방식이 가장 뛰어나다고 여깁니다. 함께하는 동료들과의 사랑도 돈독합니다. 먼데서도 꼬박꼬박 수업에 나오는 이유는 동료가 보고 싶은 것도 한 몫 합니다.

내가 〈사단법인 한국모델협회〉 회원이 됐습니다. 공신력 있는 협회가 인정한 공인 모델이 된 겁니다. 특별히 혜택을 받는 것은 없지만 소속감이 주는 긍지와 자부심은 분명 느낄 수 있습니다. 새로 생긴 내 공동체입니다. 누군가 나에게 어디 소속이냐고 물으신다면,

"나, 모델협회 회원인 남자야!"

ⓒ유효종

자만심

만화나 영상을 제작할 때 장면을 구성하는 설계도를 〈콘티〉라고 합니다. 패션쇼에도 콘티가 있습니다. 모델이 나오는 순서 방법, 동작들을 움직임별로 미리 정해놓고 이 구성에 따라 움직입니다. 모델이 보여주는 콘티는 적게는 한 가지부터 많게는 대여섯 가지가 될 수 있습니다.

순서대로 제대로 외워두지 않으면 실수하게 마련입니다. 시니어들은 더 헷갈리기 십상입니다. 산전수전 다 겪은 프로모델도 반드시 메모해 두고 익히고 또 익힌다고 합니다. 얼마 전 워킹 수업 때 메모가 중요하다는 걸 다시금 느꼈습니다. '그냥 외우면 되겠지' 했다가 결국은 세 번째 콘티에서 버벅대며 동선을 놓쳤습니다.

같은 워킹과 같은 동작을 되풀이하다 보면 타성이 생기고 긴장감도 떨어집니다. '저 정도쯤이야' 하는 작은 자만심도 생깁니다. '메모할 필요 있나, 매번 했던 건데' 하는 생각이 든 것도 그런 자만심에서 나온 걸 겁니다. 슬쩍 뽐내고픈 욕심이 자기도 모르게 튀어 나왔겠죠.

사명대사께서 "자불굴自不屈하고 자불고自不高하라."고 했습니다. 스스로 비굴하지도 자만하지도 말라는 뜻입니다. 내 선배는 얼마 전 했던 자신의 패션쇼 사진 한 장을 보고는 "내가 고쳐야 할 점이 너무 많다는 걸 깨달았다."고 말합니다. 1년 넘게 배운 분도 이럴진대 워킹 초보인 나야말로 부끄럽기 짝이 없습니다.

ⓒ 이호

톱 포즈Top pose

패션쇼가 시작되면 모델은 무대 뒤에서 천천히, 시크하게 때로는 경쾌하게 런웨이로 걸어 나옵니다. 눈빛은 흔들리지 않은 채 정면을 꿰뚫고 또박또박 한걸음 한 걸음을 내딛습니다. 살짝 객석에서 나오는 탄성이 귓가를 스칩니다.

중간쯤을 지나니 무대 끝 선이 보이기 시작합니다. 곧 다다를 그곳을 몇 걸음 앞두고부터는 서서히 속도를 줄입니다. 그리고는 서두르지 않고 세 걸음 정도를 더 걸은 뒤 드디어 무대의 막바지에 우뚝 섭니다.

이제부터 자신이 나타낼 수 있는 가장 멋진 자세와 표정으로 옷의 매력을 한껏 뽐낼 차례입니다. 무대 앞에서는 연신 카메라 불빛이 터집니다. 황홀하고 설레고 벅차오르는 전율을 온몸으로 느끼면서 한 동작 한 동작을 펼쳐 보입니다. 장전된 눈빛이 발사됩니다. 쇼가 절정에 이릅니다. 바로 〈톱 포즈〉입니다.

뒤이어 미련 없이 돌아서서 왔던 길로 되돌아갑니다. 그것만으로는 아쉽다면 자기 매력을 한 번 더 관객에게 선물할 기회가 있습니다. 중간쯤 다다랐을 때 다시

뒤돌아서서 포즈를 잡습니다. '중간 턴'과 '중간 포즈'입니다. 포즈를 끝내고 돌아
서면 백스테이지가 보입니다. 내가 입어서 더욱 빛났던 이 옷과 함께 시나브로 무
대 뒤로 걸어 나갑니다.

　　모든 쇼에 톱 포즈가 있는 건 아닙니다. 런웨이가 따로 마련되어 있지 않은 곳에
서는 그냥 관객 사이 복도를 자연스레 걷기도 합니다. 거기가 어디든 그곳은 내 무
대고 내 절정을 보여주는 곳입니다. 내가 연출하는 나만의 예술, 내 인생에서의 톱
포즈도 늘 그렇게 당당하게 펼쳐 보일 것입니다.

ⓒ 제이액터스

가을 바깥 패션쇼

가을이 무르익었습니다. 가을을 인생과 견줘보면 '시니어' 요, 하루로 치면 석양, 방향은 서쪽, 빛깔은 하얀색, 맛으로 치면 떫은맛이라는 얘기가 그럴듯한 계절입니다. 유럽에서는 가을이 우울한 느낌이라 계절로 치길 꺼려서 10월 중순쯤을 '리틀 서머' 라 불렀고, 미국도 '인디언 서머' 라 했다 하니 우리와는 달리 가을을 싫어한 모양입니다.

가을은 우리나라 풍토 대에 자리 잡은 몇몇 나라 사람에게만 주어진 신의 혜택입니다. 가을에 축제가 많이 열리는 것도 그래서일 겁니다. 엊그제 축제에 다녀왔습니다. 서대문구에서 주최한 〈노인의 날 기념 화합 효孝축제〉입니다. 각 동네별 어르신들을 모시고 희망 바구니 터뜨리기, 애드벌룬 릴레이 등을 펼치는데 프로그램 중 하나로 '시니어 패션쇼' 를 구성한 겁니다.

처음으로 바깥에서 열린 패션쇼에 서서인지 따로 무대는 없었지만 푸른 하늘 밑 파란 잔디 위를 걷는 느낌이 꽤 좋았습니다. 그런데 놀랐던 것은 어르신들의 폭발적인 분위기였습니다. '어르신들이 패션쇼를 알려나?' 하는 선입견은 정말 어리석

었습니다. 관중석 사이를 걷고 포즈를 잡을 때마다 풍선 막대를 요란하게 치면서
기뻐하며 응원해 주시는데, 순간 울컥할 정도였습니다.

어르신을 공경하는 마음을 담아 주민과 함께 화합하고 소통하는 자리에 저희들
의 패션쇼가 조그마한 도움이라도 됐길 기대합니다.

ⓒ 유효종

오디션 해탈

최근 한 달 동안 부쩍 오디션 참가 기회가 많았습니다. 국내 최고 권위를 자랑하는 〈서울패션위크〉를 비롯해 현대백화점 〈패셔니스타 시니어모델 콘테스트〉와 대회 명칭도 거창한 〈세종대왕 소헌왕후 선발대회〉 그리고 〈한국모델협회 시니어모델 대회〉까지.

서울패션위크는 국내 유명 디자이너들의 비즈니스 이벤트라서 모델이라면 한 번쯤은 서고 싶은 무대입니다. 오디션에 선 것만으로도 고마운 가슴 떨리는 유쾌한 경험이었습니다. 패셔니스타 시니어모델 콘테스트는 인터뷰와 프로필 촬영, 자기소개 등으로 내내 즐거웠고 세종대왕 소헌왕후 선발대회 오디션은 최종 무대(비록 불참했지만)까지 갈 수 있었던 게 신기할 정도였습니다.

오디션은 말 그대로 실기 시험이다 보니 떨리지 않을 수가 없습니다. 학창 시절 그렇게 싫어했던 시험을 '이 나이 들어서도 계속 봐야 하나' 하는 헛헛한 생각도 들었습니다만, 그런 거 각오하고 모델로 나선 것이니 신세 탓만 할 수는 없습니다.

마음먹기가 정말 쉽지 않겠지만 결과에 크게 연연하지만 않는다면 과정 자체가 '주목받는 즐거운 긴장감'이 아닌가 생각합니다. 어떤 오디션은 붙었고 또 다른 오디션에서는 가차 없이 떨어지기도 했습니다.

1,000번을 떨어지는 것이 오디션이라 합니다. 그냥 다 때가 있는 것이러니 하며 순간순간 즐기며 최선을 다하는 것이 '이 바닥'에서 살아가는 지혜일듯 싶습니다. 말은 이렇게 합니다만 그러려면 거의 해탈의 경지에 이르러야 하지 않을까요?

아름다운 마무리

패션쇼나 패션모델 일을 모르시는 분들은 '중간 포즈'라는 말이 낯설 겁니다. 패션 무대 맨 앞에 서서 멋진 자세를 보이는 것을 '톱 포즈'라 하듯이 무대 가운데쯤에서 포즈를 잡는 것을 중간 포즈(중간 턴)이라고 부릅니다. 대개 톱 포즈를 하고 무대 뒤로 돌아오는 도중에 돌아서서 톱 포즈와는 또 다른 자세를 관객에게 보여 줍니다.

워킹 연습을 하다 보면 중간 포즈 지적을 많이 받습니다. 포즈를 대충하고 넘어가려는 게 눈에 보인다는 겁니다. 자세가 흐트러진다는 거죠. 톱 포즈 때는 그렇게 최선을 다해 포즈를 잡더니 되돌아올 때 긴장이 풀려서인지, 아니면 관객 시선이 새로 나오는 모델에게 쏠려 자기 포즈를 잘 안 볼 거라는 생각 때문인지 톱 포즈만큼 정성을 다하지 않는다고 혼나는 겁니다.

뜨끔했습니다. 워킹의 중간 포즈처럼 일상에서도 집중력이 떨어질 때가 많습니다. 책을 읽을 때 특히 그렇습니다. 처음에는 꼼꼼히 작가의 생각까지 더듬어 가며 열심히 읽습니다. 그러다 마지막 몇 장을 남겨놓고는 급한 성격이 제대로 나옵니다.

얼른 이 책을 끝내고 다른 책으로 넘어가야겠다는 생각이 앞서서 설렁설렁 읽고
맙니다.

'아름다운 마무리'가 얼핏 떠올랐습니다. 일을 하는 과정에서 또는 도중에서 처
음으로 돌아가 잃어버린 초심을 되살려 보는 겁니다. 그래야 본래 모습도 잃지 않
고, 제대로 가고 있는지도 알 수 있습니다. 마무리가 좋아야 모든 게 좋다는 말도
있지 않습니까?

중간 포즈, 허투루 할 수 없는 중요한 과정입니다.

ⓒ 제이액터스

패션쇼가 달라졌어요

얼마 전에도 패션쇼 오디션을 봤습니다. 〈유관순 열사 서품 1등급 추서기념 패션쇼〉에 설 모델을 모집하는 거였는데, 무엇보다 눈길을 끈 것은 쇼를 담당한 디자이너의 파격적 행보였습니다.

40대의 꽤 젊은 분인데 모델을 뽑는 것도 댄서나 뮤지컬배우 등 다양한 직종에다 아이부터 어르신까지 세대를 아우릅니다. 모든 출연자가 춤과 자유분방한 워킹을 보여주는, 기존 패션쇼의 틀을 벗어난 색다른 쇼를 진행해 온 것으로 유명했습니다.

전통적인 기존 패션쇼와 견줘 보면 자칫 장난기 가득해 보일 수 있습니다. 엄숙하고 진중했던 분위기를 덜어내고 요샛말로 '펀FUN'한 해피 에너지를 불어넣어 사람들에게 함박웃음을 선물한다니 새로운 시도인 것은 분명해 보입니다.

우리 시니어모델들의 근심은 커집니다. 잘 걷는 게 물론 패션쇼의 기본이겠지만 잘 걷는 것만으로는 캐스팅되기가 어려울 수 있습니다. 가뜩이나 오디션에서 특기나 개인기를 따지는 추세인데 패션쇼도 이렇게 달라지니 설 자리가 점점 좁아지지 않을까 걱정입니다.

이런 변화의 가운데에서도 정통 패션쇼는 나름대로 지켜질 것이라고 봅니다. 패션은 돌고 돈다고 90년대 패션이 돌아왔다고도 하니 시니어여, 너무 기죽지 맙시다. 패션쇼도 돌고 돕니다. 아참, 오디션에서 어떻게 됐냐고요?

…… 떨어졌습니다.

처음입니다

휴대전화로 문자 메시지가 왔습니다.

"중앙대학교 졸업영화 찍었던 이주희입니다. 영화제 시사 일자가 정해져서 연락 드립니다. 혹시 올 수 있으시면 알려 주세요"

내가 영화에 출연했습니다. 중앙대학교에서는 해마다 이맘때쯤 〈중앙영화제〉를 여는데 거기에 출품되는 15분짜리 단편영화였습니다. 영화를 좋아하지 않는 영화과 학생이 의문의 후배를 만나 영화를 향한 마음을 확인한다는 내용으로, 이 대학 4학년생인 야무진 여학생이 연출과 주연을 맡았습니다. 문자를 보낸 바로 그 학생입니다.

교수 역할로 아주 살짝 출연합니다. 눈을 부릅뜨고 집중해서 보지 않으면 그 장면이 휙 지나갈 수 있습니다. 잠깐인 역할에도 엄격한 오디션을 거칩니다. 대본 리딩을 거쳐서 연출진과 인터뷰를 하는 깐깐한 면접도 통과해야 합니다.

시사회서 완성된 영화를 보고, 영화 마지막에 오르는 자막(크레딧)에 적힌 내 이름을 읽으니 뿌듯함이 밀려옵니다. 패션쇼만큼이나 처음 겪는 놀라운 경험입니다.

하루하루가 모두 '태어나 처음' 겪는 일입니다. 누구에게나 오늘은 어제와는 뭐가 달라도 다른 세상이니까요. 나이가 몇이건 생일을 맞는 나이도 처음이고 지금 이 순간을 겪는 것도 다 처음입니다. 실수하거나 불안하거나 두려운 건 당연할지 모릅니다. 그리 걱정하지 않아도 된다는 뜻이기도 할 겁니다.

난생 처음 겪는 오늘, "반갑다. 우리 서로 잘해 보자~"

수다 예찬

'희영수하다'는 우리말이 있습니다. 사람들과 더불어 실없이 희희덕거리는 걸 말합니다. 나이가 들수록 희영수하는 게 즐겁습니다. 내 고추동무들과 커피 한 잔 놓고 얘길 시작하면 밖은 어둑한데 끝날 기미가 보이지 않습니다.

수다는 고된 일상과 스트레스를 씻어주는 원동력입니다. 신이 여성에게 애 낳은 고통을 벌로 내리고 이를 측은히 여겨 쉬지 않고 움직이는 입을 주었다는 우스갯소리가 있을 정도입니다. 수다의 주제는 그리 거창하지 않습니다. 백분토론이 아니니 무슨 결론을 내자고 시작하지도 않습니다. 그냥 쏟아내고 흉보고 맞장구치고 하는 것만으로 속이 뚫립니다. 남성들은 아닌 척해도 그들의 수다도 결코 만만치 않을 겁니다.

김기택 시인은 수다를 이렇게 표현했습니다. "(……)말이 말처럼 달리면 사방에서 숨이 막히도록 깔깔거리는 소리들이 바람과 흙먼지 되어 일어났고 그 웃음소리가 채찍이 되어 말의 가속도는 늘어났다 갈수록 말은 제 흥에 겨워 점점 더 힘이 붙었고 말의 장단에 박자를 맞추느라 몸은 잠시도 쉴 틈이 없었다.(……)"

우리 아카데미가 얼마 전 송년회를 열었습니다. 동기는 물론 선·후배 기수 모델 분들과 어울려 '폭풍수다'를 이어가는 속에 지난 1년이 스쳐갑니다. 이전에는 전혀 생각지도 못했던 '선물' 같은 새로움 들을 겪었습니다. 내년은 또 내게 어떻게 다가올까요?

내년 일은 내년에 걱정키로 하고 희영수합시다.

ⓒ 장성하

쑥스러운 자선

1891년 경제 불황으로 가난했던 샌프란시스코 럭키해안에 배가 좌초돼 1,000여 명의 난민들이 생겨났습니다. 하지만 정부가 도울 힘이 없음을 안 그 지역 구세군 여사관 조지프 맥피Joseph McFee는 주방에서 사용하던 큰 쇠솥을 걸고 "이 국솥을 끓게 합시다!"라고 써 붙여 모금된 돈으로 성탄절 난민들에게 따뜻한 수프를 제공했습니다.

우리가 알고 있는 〈자선냄비〉의 시작입니다. 현재 세계 129개 나라에 전파됐고 우리나라는 1928년 12월 15일에 처음 설치됐습니다. 나는 아직도 여기에 돈을 넣는 게 엄청나게 쑥스럽습니다. 이것도 용기가 필요한 건지는 모르겠으나, 어쨌든 알량한 기부 아닌 기부를 하고는 '이제 올 해 자선은 끝~' 하고 부담감을 털어 버립니다. 내가 부리는 '허세 자선'의 모양새입니다.

엊그제 자선 패션쇼에 섰습니다. 우리 아카데미에서 주관한 〈연탄은행 사랑가득 나눔 시니어모델 자선 패션쇼〉가 그것입니다. 흔쾌히 협찬을 한 남성용 브랜드 〈포튼 가먼트〉 옷을 입고, 이 옷을 만든 40년 명장과 함께 무대에 서며 그 멋짐을 맘껏 뽐냈습니다. 재능기부라고 하기에는 쑥스럽고 미약한 재능이어서 또 허세 자선을 부린 건 아닌지 염려하면서…….

남을 도우면서 느끼는 최고조의 기분을 〈헬퍼스 하이Help's High〉라고 합니다. 대개 많은 사람은 이런 심리적 포만감을 며칠씩 꾸준히 느낀다고 하는데, 혈압과 콜레스테롤 수치가 낮아지고 엔도르핀이 정상치 3배 넘게 분비돼 몸과 마음에 활력이 생긴다고 합니다.

아주 미약한 마음들이어도 조금씩 모이면 마음의 온도가 1도라도 높아지지 않을까요? 거창한 자선보다 쭈뼛쭈뼛한 쑥스러운 자선이 더 아름다울 수 있습니다. 세상은 그렇게 따뜻하게 데워지는 거죠.

ⓒ 장성하

소소한 고마움

어딘가를 들어갈 때 누가 나를 위해 문을 잠깐만 잡아줘도 기분이 좋습니다. 엘리베이터를 기다려줘도 고맙습니다. 지하철에서 바닥에 떨어뜨린 볼펜을 얼른 주워주는 옆 사람이 정겹습니다. 일에 지쳐있고 독한 말로 몸과 마음이 고단할 때 이 피로를 잠시나마 녹여주는 건 이 같은 소소한 고마움입니다.

얼마 전 자선 패션쇼에서도 같은 경험을 했습니다. 이번 쇼는 유달리 옷을 갈아입는 시간이 촉박해 내내 걱정이 앞섰습니다. 1번으로 나가는 나는 더 초조했습니다. 드디어 첫 번째 쇼가 끝나고 무대 뒤로 들어오자마자 후다다닥 뜁니다. 무대에서의 의젓함은 어디가고 없고 재킷은 이미 반쯤 벗겨져 있습니다.

탈의실에는 멋진 젊은 남성 두 분이 저희를 기다리고 있습니다. 허겁지겁 달려드는 제 옷을 받아주고 건네주고 넥타이를 고치고 옷매무새를 정돈해 줍니다. 빨리 갈아입을 수 있도록 도와준 덕분에 앞 쇼와 끊이지 않고 자연스레 연결됐습니다. 남성복을 협찬해 준 곳에서 '패션 도우미' 역할을 해줄 분들이 일부러 와준 겁니다. 모델로 나서고 처음 겪는 가슴 뭉클한 서비스였습니다.

나는 뒤에 들어오는 분을 위해 문을 잡아 주었는지, 내가 급하다고 엘리베이터로 뛰어오는 분을 귀찮아하진 않았는지, 옆 사람이 떨어뜨린 볼펜이 바닥에 굴러가는 것을 지켜만 보고 있지는 않았는지 나를 돌아보는 패션쇼였고 연말입니다.

　알게 모르게 주어졌던 소소한 고마움들, 그 고마움을 전해 준 마음들 정말 감사합니다.

ⓒ 장성하

모델의 안팎

닉 우스터라는 사람이 있습니다. 유명한 미국 패션모델입니다. 키는 168센티미터, 나이는 예순입니다. 키로만 따진다면 모델이 되는 게 힘들었을 텐데, 이를 이겨낸 건 운동이었습니다. 작은 키를 고민만 했다면 주눅 들고 위축되고 소심해졌을 텐데 꾸준히 운동하며 자신감을 찾고 당당한 태도를 키웠다는 겁니다.

훌륭한 모델이 되는 데 키와 체형 같은 신체조건이 절대적인 건 아닌 모양입니다. 분야마다 다를 수 있기 때문이죠. 런웨이에 서려면 아무래도 키가 평균 이상은 돼야 멋져 보이겠지만 광고모델은 키 보다는 이미지와 표정이 중요합니다. 옷이나 제품, 브랜드에 따라 광고주가 좋아하는 유형이 각각 다를 것입니다.

절대적인 것은 뭘까요? 모델 전문가들이 반드시 꼽는 건 '인성'입니다. 외적조건보다 내적조건을 더 따진다는 거죠. 심지어는 모델이라는 세계에서 살아남을 수 있냐 없냐를 결정하는 핵심요소라고까지 말합니다.

전문가가 말하는 내적조건의 첫째는 '자신감'입니다. 자신을 싸구려가 아닌 명

품으로 만들려면 실력을 꾸준히 키워나가야 하고 이는 자신을 믿고 자신감을 가지는 데서 시작된다고 말합니다.

둘째는 '태도'입니다. 무례하거나 불평이 잦으면 모두에게 눈살을 찌푸리게 합니다. 태도는 내면의 가치와 현재의 마음이 겉으로 드러난 것입니다. 남들은 내 마음이 아니라 내 행동을 보고 평가합니다. 그래서 내 평가는 나만 모를 수 있습니다.

나도 그러지는 않는가? 내 스스로를 자꾸 채찍질하려고 이 글을 쓰고 읽고 또 읽습니다.

ⓒ유효종

설렙니다, 나이 드는 게

새해입니다. 음력으로 정월 초하루는 아직 20여일 남았습니다만 '그레고리력' 에서 정한 새해는 오늘입니다.

무덤덤합니다. 해가 바뀌기 10초전부터 초를 거꾸로 세면서 새날을 맞던 예전 그 마음 같지가 않습니다. 나이 탓일까요? 새날이라고 크게 달라지지 않았던 60여 년 경험으로 볼 때, 2020년 경자년 1월 1일도 그저 12월 32일에 지나지 않을 뿐이 라고 여기는 건가요?

엊그제 머리를 '뻥' 때리는 좋은 말을 들었습니다. 동료 모델과 이런저런 얘기를 나누다가 그 분께서 "저는 예순이 기다려지고 새해가 될 때마다 그날이 다가온다 고 생각하니 설렙니다."라고 말합니다. 왜 그러느냐 물었더니 "제 나이 이제 쉰아 홉인데 시니어라고 하기엔 아직 어설픕니다. 예순은 돼야 제대로 된 시니어의 풍 모가 보일 것 같습니다."

나이 드는 것은 생각하기 나름입니다. "자꾸 나이 들어가네."의 탄식이 아니라

"점점 익어가네."의 설렘, 여러분은 어느 쪽인가요? 시니어모델은 나이 들수록 유리합니다. 그저 늙어가는 게 아니라 '시니어 멋'이 더 들어가기 때문입니다. 일혼이 되고 여든이 돼도 지금 이 멋을 지킨다면 경쟁력은 더욱 더 커집니다.

모든 생명은 기운을 내지 않으면 사그라집니다. 어떻게 자신의 생명을 눈부시게 만드느냐가 중요합니다. 나이는 상관없습니다. 고목이든 어린나무든 새봄이면 잎이 나옵니다. 새싹에 젊고 늙음이 없습니다. 몇 백 년 버틴 고목이 위대한 것도 아니고 어린나무의 잎이 더 싱싱한 것도 아니라는 말이 실감납니다.

새해, 한 살 더 먹었습니다. 아차! 한 해 더 익었습니다.

우리끼리 쇼

'살롱 문화'가 인기입니다. 주 52시간 근무제 실시로 자기 계발을 위한 다양한 취향과 취미를 즐기는 사람들이 늘면서 전시회, 음악회, 시낭송회 등 21세기형 사교모임을 만들어 가고 있습니다.

지난해 연말, 저도 이 살롱문화를 경험했습니다.

지하철 2호선 상왕십리역에서 나와 큰 길 따라 쭉 내려오면 〈테이블〉이라는 카페 겸 식당이 있습니다. 이 집 주인은 앤티크 가구 수집가이면서 클래식 애호가인 주현리 씨인데, 이곳에 조그마한 무대를 만들어 놓고 클래식 전문가와 아마추어 누구든 편하게 연주할 수 있도록 배려하면서 정기적으로 공연도 열고 있습니다.

이번엔 〈시니어모델 송년 패션쇼〉가 기획됐습니다. 나와 같이 워킹수업하는 동료가 주 씨와 결탁(?)한 성과인데 사장님은 홀 가운데 빨간 카펫도 깔아주고 드레스도 협찬하는 등 열혈 지원해 주셨습니다.

난생 처음 겪어본 카페 패션쇼, 뜻이 맞는 시니어모델 15명이 모여 서로 콘티도 짜고 진행도 하고 장기자랑도 펼치며 손님과 함께 즐긴, 아주 색다른 송년파티였습니다. 바리톤 김동규 씨를 비롯해 피아니스트 김예리 씨 등 국내 정상급 음악인들도 이 무대에 섰다고 하니 카페는 작아도 정말 큰 무대에 선셈입니다.

시니어모델이 되어 얻는 이러한 문화적 행복은 내게 주어진 또 다른 덤입니다.

ⓒ유효종

ⓒ 이호

2 열정과 긍정 사이

어울려서 빛나는

'홀로족'이 많이 늘었다고는 해도 혼자선 견디기 힘든 때가 꽤 있습니다. 사람과 어울리고 주변과 섞이며 자연과 호흡하면서 이겨 나가곤 하는 거죠.

모델 되고 처음으로 야외 화보촬영을 했는데 콘셉트는 '함께'였습니다. 자기 하나보다는 함께해서 돋보이는 모습을 포착하는 겁니다.

어울려서 빛나는 장면 장면이 살면서도 꽤 있을 것입니다.

커피와 사랑

우스갯소리 중에 '커피와 사랑의 공통점'을 묻는 말이 있습니다.

답은 "첫째, 모두 처음엔 뜨겁다. 둘째, 적당하다 싶은 순간은 아주 잠깐이다. 셋째, 이내 곧 식어 버린다." 입니다.

공감합니다. 열정만으로 뛰어들었다가 이내 접진 않을까? 이 정도면 됐다고 자만하진 않을까? 하는 염려가 퍼뜩 떠올랐기 때문입니다. 모델 일을 즐긴다고는 하지만 어려운 순간도 꽤 많을 것입니다. 그때마다 '커피와 사랑'을 되새겨야 하겠습니다.

식은 사랑은 너무 멋없지 않습니까?

멈춰 서서 뒤돌아보기

인디언들은 말을 타고 들판을 달리다가 갑자기 멈추어 서서 뒤를 돌아본다고 합니다. 자신의 영혼이 따라오는지 살피기 위해서라는 겁니다.

정신없이 살고 있다는 말은 일면 부지런하다는 말도 되지만 영혼 없이 바쁘기만 하다는 뜻이기도 합니다. 아무리 몸은 분주하더라도 영혼은 내려놓지 말아야 합니다.

지하철이 좋습니다. 막힐까봐 조급하지 않아도 되고 책도 읽고 음악도 듣고 잠도 자고 느긋하게 이런저런 생각도 펼칠 수 있습니다.

워킹엔 속도가 중요합니다. 보폭을 넓히다가도 무대 끝에 다다를 때는 좁히고, 돌아설 땐 서서히 부드럽게 하는 것이 좋다고 배웁니다. 삶이 그러합니다. 내내 허겁지겁 갈 수는 없습니다. 살다가 문득 한번쯤은 자기 뒤를 돌아보는 여유가 꼭 필요합니다.

ⓒ 장성하

주변 모두가 선생님

"희망이 없으면 어떻게 일할 수 있겠는가? 나이 핑계는 대고 싶지 않다. 이제는 나를 위해 살 시간이다. 내 인생을 어떻게 잘 마무리 하느냐가 가장 중요하다."

아카데미의 선배 모델인 소은영 씨가 어느 잡지 인터뷰에서 한 말입니다. 모델의 힘은 거저 주어지지 않습니다. 이처럼 즐김과 열정이 뒤에 있다고 봅니다. 그래서 꼭 가르쳐서가 아니라, 제 주변의 동료와 선배는 모두 선생님입니다.

남녀에 차별이 없듯 나이로 차별돼서는 안 됩니다. 젊음과 나이 드는 것에 선입견이 있을 수 없습니다. 열정은 나이를 가리지 않습니다.

팔은 안으로 굽는다

어제는 현직에 있을 때 같이 일했던 옛 동료, 선배들과 만났습니다. 이분들과 만난 지도 20여 년이나 됐으니 모두 다 살가운 분들입니다.

제철인 쭈꾸미를 불판에 구우면서 이런저런 얘기를 나누다가 시니어모델이 화제가 됐습니다. 모델을 한다니 나름 관심을 가지고 한마디씩 합니다. 순댓국집 하다 시니어모델을 한다는 분 이야기, 모델 워킹 사진을 찍어 우체국 '나만의 우표'를 만들었으면 좋겠다는 제안까지 제법 얘기가 후끈합니다. 얘기 끝에 옆에 앉은 여자 선배가 엄지척 하며 한마디 합니다. "넌 잘 될 거야. 일단 잘생겼잖아."

동료라면 무조건 좋게 봐주는 '팔이 안으로 굽는' 비 객관성이 또 도졌습니다. 오그라드는 멘트지만 이래서 제 지인들이 좋습니다. 잘생겼다고 부추기니 또 힘을 냅니다.

나이 든다는 것은

나이가 들면 모든 것이 쇠퇴한다. 그러나 적지 않은 혜택도 주어진다. 나는 멀티테스킹 능력을 잃어버렸다. 그러나 한 번에 한 가지 일을 하는 기쁨을 다시 발견하게 되었다. 생각의 속도는 좀 더뎌졌다. 그러나 경험이 생각을 더 깊고 풍요롭게 만들어 주었다. 단순한 것들의 사랑스러움에 더 눈길을 준다. 친구와의 대화, 숲 속 산책, 일출과 일몰, 달콤한 밤잠 같은 것 말이다.

《모든 것의 가장자리에서》라는 책을 읽고 있습니다. 미국 사회운동가 파커 J. 파머는 이 책에서 나이 드는 것에 관한 의미를 이렇게 말하고 있습니다.

내가 시니어모델이어서인지 요즘 부쩍 시니어에 관한 기사와 방송이 늘어난 듯합니다. 나도 두 번이나 방송을 탔으니까 말이죠.

갈수록 노인이 사회의 가장자리로 밀리고 있습니다. 시니어 시대에는 우리가 주인공이니 한가운데로 와야 하지 않을까요? 당당하게 자존감을 높이고 자기를 사랑하는 마음을 키워야 합니다. 시니어모델도 그 길로 가는 방법 중의 하나입니다.

© 장성하

난蘭은 고난으로 꽃을 피운다

공주병 환자가 의사와 문답을 합니다.

세상에서 가장 이쁜 사람을 한 자로 줄이면?
"나."

세상에서 가장 이쁜 사람을 두 자로 줄이면?
"또 나."

그럼 세 자로 줄이면?
"역시 나."

이번에는 네 자로 줄이면?
"그래도 나."

그럼 다섯 자로 줄이면?

"다시 봐도 나."

패션모델은 '공주병'이 필요합니다. 시니어모델은 더 그리해야 한다고 봅니다. 자신을 한껏 돋보이려는 노력, 욕심은 자기 발전의 동력입니다.

난蘭은 산과 들, 잡초와 더불어 살면서도 특유의 고고함을 한껏 뽐내다가 이제는 속세로 내려와 그만의 단아함을 우리에게 선사합니다.

> 난은 특이하게도 고난을 자처합니다. 부드러운 흙, 충분한 물, 넉넉한 직사광선, 따뜻한 온도, 지나친 손길을 싫어합니다. 대신 울퉁불퉁한 돌, 말라비틀어질 정도의 물, 스치듯 지나가는 햇살, 잎을 흔드는 바람에는 손을 내밀며 반깁니다. 고난을 거쳐 드디어 꽃을 피웁니다. 그것도 추운 겨울을 지나면서.
>
> ─국민일보 '겨자씨'

자기를 아끼는 공주병, 고난을 자처하는 난, 시니어 스스로를 꽃 피우는 자양분입니다.

자존감

종로에서 사진 스튜디오를 하고 있는 친구 이호와 막걸리 한잔을 했습니다. 30년 넘게 보석 사진을 전문으로 찍는데 이 분야에선 꽤 명성이 탄탄합니다.

술로 불콰하고 수다도 많다 보니 자연스레 속내가 나옵니다. 대학도 안 간데다 사진을 전공하지도 않았던 자기가 이 자리까지 올라올 수 있었던 것 중 하나는 자존감을 지켰기 때문이라는 겁니다. 자기가 생각했던 값 이하로는 절대 계약하지 않았답니다. '내 사진이 필요한 사람은 결국 나한테 올 것이다'라는 자기 실력에 대한 자긍심이었겠죠. 그러려면 남들보다 한 발짝 더 뛰는 열정이 바탕이 됐다는 것은 굳이 얘기하지 않아도 짐작할 수 있습니다.

나한테도 충고합니다. "조급해 하지 마. 얼른 잘 되면 좋지만 안 되면 또 어때, 아님 마는 거지." 자존감까지 내던지며 안달복달하지 말라는 겁니다. 자신을 꾸준히 연마하는 것은 물론이고요.

침 튀거가며 서로를 독려한 따뜻한 술자리였습니다.

사진의 '범위'

친구 사진 전시회에 갔습니다.

동료들과 함께 한 〈7인전〉에 걸맞게 '7인 7색'의 색깔을 보았습니다. 82년 KBS 이산가족찾기 현장을 담은 흑백 보도사진 형태부터 수묵화, 빛의 흐름을 잡은 첨단 기법까지. 문득 '사진'의 의미를 다시금 되새깁니다.

친구에게 물었습니다. "피사체를 찍은 건지 컴퓨터로 그린 건지가 헷갈린다. 사진의 범위가 어디까지냐?" 친구 왈 "예전에는 찍고 일부분 필름 수정으로 그쳤는데, 디지털로 바뀌면서 컴퓨터 편집도 자연스레 사진 기법 중의 하나로 됐다." 이른바 '뽀샵'도 어쩔 수 없는 사진 완성 과정 중의 하나라는 거겠죠.

의견은 다를 수 있습니다. 필름과 흑백, 분위기 있는 피사체에 더 마음이 끌릴 수 있습니다. 화려한 디지털 표현에 환호할 수도 있겠죠. 사진의 세계가 넓어지고 있습니다.

모델은 사진과 떼려야 뗄 수 없는 관계입니다. 컴퓨터 편집도 어엿한 사진 기법
이라고 하니 이젠 당당히 주문합시다.

"내 얼굴 좀 더 예쁘게 고쳐 주세요."

ⓒ유효종

인터뷰

질문1) 대체 왜 시니어모델이 되려 하셨나요?

지난해 장장 36년 공무원을 마치고 은퇴했습니다. 뭘 할까를 고민하다 36년을 '나라' 를 위해 바쳤으니(논갠가?) 이제는 '나' 를 위해 바치고 싶었습니다. 옷 잘 입는다는 말도 들었겠다, 걷는 것도 자신 있겠다, 무엇보다 15년간 헬스로 다져온 몸매를 써먹을(?) 좋은 기회라고 봤습니다.

질문2) 첫 모델 수업 기억나시겠네요?

황당함과 당황함을 동시에 겪었습니다. 글쎄, 남자는, 남자는…… 달랑 저 혼자였습니다. 그 수많은 여성 속에서 말이죠.

질문3) 배우시면서 가장 어려운 게 뭡니까?

힘 빼는 겁니다. 공무원 때 익힌 갑질근성(?) 때문인지, 어깨 힘이 빡 들어가서 '로봇' 처럼 걷습니다. 워킹뿐 아니라 살면서도 힘 풀고 내려놔야 하는데 말이죠.

질문4) 보람은 느끼세요?

주목받는 유쾌한 긴장감, 주인공이 되는 당당함, 무대에 서는 이유이고 행복입니다.

질문5) 앞으로 어떡하실 거예요?

새로운 길을 가고 있는데 그 길이 어떨지는 미리 걱정하지 않으려 합니다. 다만 주인공이 되기 위한 실력은 꾸준히 쌓아놓겠습니다.

지금까지 '가상 인터뷰' 였습니다. 어때요? 혼자서도 잘 놀죠?

영화관에서 패션쇼를

친구를 만나기로 한 곳이 마침 서울 종로에 있는 〈단성사〉였습니다.

봉준호 감독이 만든《기생충》이 '72회 칸 영화제'에서 한국 역사 처음으로 황금종려상을 받기 20일 전쯤이니 나도 '촉'이 있었던 모양입니다. 한국 영화 100년의 기원으로 삼는《의리적 구토》가 1919년 10월 이곳에서 상영돼 더욱 뜻 깊은 곳이기도 합니다.

단성사는 1907년 6월, 당시 경성 실업가였던 지명근 등이 '힘을 모아 뜻을 이루자!'라는 이념으로 설립하며 붙인 이름입니다. 딱 한 번 이곳에서 영화를 본 적이 있습니다.《서편제》입니다. 1993년 관객 113만 명 이상을 동원해 영화 내용은 물론이고 우리 소리가 얼마나 듣기 좋던지 비디오로도 사서 두고두고 봤던 기억이 납니다.

당시 단성사는 영화뿐 아니라 연극·음악·무용발표회 등에도 무대를 제공해 새로운 문화 매체로 큰 몫을 했다고 합니다.

불현듯 드는 생각,

'조그만 영화관(이왕이면 실버영화관?)을 빌린다, 패션 관련 영화를 상영한다, 그리고 중간중간 통로를 런웨이로 삼아 시니어모델 패션쇼를 한다.'

괜한 소리 말라고요? 너무 그러지 마십시오. 상상도 못 합니까?

ⓒ유효종

내 마음의 보석 송

"젊음의 푸른 꿈과 낭만을 싣고 달려보는 …… 리듬의 퍼레이드 ……."

지금 50대가 넘는 분들은 6∼70년대 라디오 심야 음악 프로그램들을 기억하실 겁니다. 최동욱의 〈탑튠쇼〉, 〈박원웅과 함께〉, 이종환 〈밤의 디스크쇼〉, 황인용 〈밤을 잊은 그대에게〉…….

한밤, 가슴을 요동치게 했던 그 DJ와 팝 음악들, 놀 거리가 없던 시절에 꿈이었고 낭만이었고 판타지였고 어쩌면 일상이었습니다. 지금은 아스라한 기억으로 남아 있고 그 목마름을 배철수 씨의 〈음악캠프〉나 한동준 씨의 〈FM 팝스〉로 조금씩 달래고 있습니다.

FM 팝스 중 〈내 마음의 보석 송〉은 청취자의 아름다운 추억이나 진행 중인 이야기를 노래와 함께 소개해 주는 코너입니다. 어제 내 사연이 소개됐습니다. "시니어 모델을 아십니까?"를 주제로 모델이 되고 연습을 하고 무대에 섰던 느낌을 적은 글입니다.

자기 사연이 방송을 타면 설레고 벅찹니다. 예전 아날로그 감성이 돌고 '기쁜 우리 젊은 날'의 추억도 되살아납니다.

참, 함께 신청한 내 마음의 보석 송은 사라 본Sarah Vaughan의 〈어 러버스 콘체르토A Lover's Concerto〉입니다. 워킹 때 들으면 신납니다.

ⓒ 장성하

연기는 어려워

어제는 영화 《기생충》을 봤습니다. '칸 국제영화제' 황금종려상 수상작을, 그것도 개봉 첫날에 봤으니 나름대로 기념할 만한 일입니다. 그리고 보니 요즘 부쩍 영화관을 자주 갔습니다. 《악인전》, 《생일》, 《증인》에다 조금 거슬러 올라가 《극한직업》, 《말모이》, 《항거》, 《스윙키즈》 등등 '핫'한 국내 영화는 빼놓지 않고 본 셈입니다.

아주 어렸을 때 어머니랑 서울 이태원 집 근처 태평극장에서 《미워도 다시 한번》, 《흑산도 아가씨》를 본 기억이 남아 있으니 영화에 대한 감각은 있었던 듯합니다. 1970년인가, 남산 어린이회관 개관 당일 무지개극장에서 약간은 야한 외국영화를 보며 콩닥콩닥 가슴 뛰었던 기억도 납니다.

엊그제부터 연기를 배우고 있습니다. 패션무대 워킹에서 나만의 '느낌'을 보여주는 데 도움이 될 것 같아서입니다. 광고촬영에는 말할 것도 없고요.

영화를 그저 즐기고 배우 품평만 하다가 연기를 배우다 보니 이게 장난이 아닙니다. 그동안 발연기한다면서 '의문의 1패'를 당했던 배우님들께 정중히 사과드립니다.

"존경합니다. 모든 배우님들."

ⓒ 유효종

열정과 긍정 사이

"시니어는 열정이다." 아카데미가 내건 슬로건입니다. 심지어 출입문에는 이런 푯말이 붙어 있습니다. "열정이 없는 자, 집으로 돌아가라."

어느 분야든 열정 없이는 도전하기 어렵습니다. 도전에 나섰다는 자체가 열정을 발휘한 거죠. 시니어모델은 더욱더 그렇습니다.

미국 어느 대학교수가 '열정과 사명감 중 어떤 것이 더 성과를 내는 데 중요한지'를 직장인을 대상으로 조사했습니다. 당연히 높은 사명감과 높은 열정이 가장 좋은 성과를 냈습니다.

흥미로운 것은 높은 열정에 낮은 사명감은 20퍼센트밖에 성과를 못 올린데 비해, 낮은 열정에 높은 사명감은 64퍼센트로 압도적으로 높았습니다. 자신이 하는 일에서 강한 의미를 느끼는 직원일수록 상사한테 높은 실적 평가를 받는 경향이 있다는 겁니다.

기왕에 모델로 나섰다면 열정과 더불어 자기 일과 자신한테 긍정의 힘을 주는 것이 필요합니다. 76살의 미국 패션모델 로렌 허튼은 "아름답게 나이 드는 데 가장 중요한 건 자연스러움과 당당함"이라고 말합니다. 그리고는 덧붙입니다. "내가 나를 사랑하지 않으면 누가 나를 사랑하겠어요. 네, 주름까지 사랑하겠어요. 내 인생의 일부분이니까."

ⓒ 장성하

시니어모델, 일상의 작은 기쁨

동네 도서관에서 책을 빌려다 보는 재미가 쏠쏠합니다. 그 중 제목이 재밌어서 고른 책이 가슴에 꽂혔습니다. 명예교수이면서 정신과 전문의인 이근후 선생님이 지은 《어차피 살 거라면, 백 살까지 유쾌하게 나이 드는 법》.

저자는 "살아보니 인생은 필연보다 우연에 의해 좌우되었고, 노력만으로 이룰 수 있는 일은 원래부터 많지 않았다."며 "하루를 열심히 보내는 가운데 발견하는 사소한 기쁨과 예기치 않은 즐거움이 세월로 인한 무상감과 비애감을 달래준다." 라고 고백합니다.

일이 잘 풀리질 않는다고 조바심 내는 나 같은 분이나, 워킹이든 연기 수업이든 그렇게 즐거울 수 없다며 까르르 까르르 행복하게 웃는 동료들에게 딱 맞는 진단 입니다.

그는 나이 드는 게 싫다는 사람에게도 한마디 합니다. "그렇다고 나이를 안 먹나 요? 빨리 인정하고 '그럼에도……'라면서 사고를 바꿔야 해요. 그걸 행동으로 연결하고 자꾸 행동하다 보면 습관이 붙습니다." 가는 세월 잡을 수 없고 흘러가는 시냇물 막을 수 없다는 노랫말도 같은 맥락이겠지요.

　새삼 모델로 나서길 참 잘했다는 생각이 듭니다. 은퇴했다고 과거만 돌아보거나 미래를 걱정하고만 있었다면 이 즐거움을 알았을까요? 워킹 연습 하고 무대에 서고 미숙하지만 연기 흉내도 내면서 하고 싶었던 걸 조금씩 해내는 지금, 이 선택은 옳았습니다. 아직까지는 즐겁고 행복하니까요.

ⓒ 장성하

131

정직한 뒷모습

〈워킹일기〉를 쓰다보면 '어떤 사진을 올릴까'를 고민합니다. 인스타그램 특성을 살리자면 우선 눈길을 끌 만한 것을 올리고 그걸 설명하는 글을 다는 게 순서인데, 나 같은 경우는 글을 먼저 쓰고 거기에 맞는 사진을 고르다 보니 딱 맞아떨어지는 게 그리 많지 않습니다. 지금까지 올린 많은 것들 가운데 뒷모습만 찍힌 것은 두 장입니다.

"뒷모습은 스스로를 밝히지 않는다. 하지만, 마주한 이를 속이지도 않는다. 진실은 이 사이, 밝히지 않는 것과 속이지 않는 것 사이에 있다." 프랑스 소설가 미셸 투르니에가 한 말입니다. 앞모습은 표정과 손짓으로 꾸며낼 수 있지만 뒷모습은 자신도 어쩌지 못해서 정직할 수밖에 없다는 겁니다.

뒷모습을 그럴싸하게 만들어낼 수는 있습니다. 헬스로 이른바 '등빨'을 키우는 거죠. 등 근육을 키우면 윗몸이 커 보이는 '역삼각형' 효과가 나타납니다. 볼링은 다른 종목과 달리 뒷모습을 주로 보기 때문에 자세 잡는 데 신경을 씁니다. 모델 수업 때 척추를 바로 세우는 것도 균형 잡힌 뒷모습을 보여주려고 하기 때문입니다.

겉모습이 다는 아닙니다. 중요한 건 감춰지지 않는 내면입니다. 자신도 어쩌지 못해서 들키게 되는 뒷모습, 그래서 정직하고 그러니 무섭습니다. 무대에 서다 보면 앞서가는 모델의 뒤를 보게 되고 걸음 속도도 맞춥니다. 뒷사람에게 어떤 걸음걸이로 보이고 어떤 내면으로 읽힐까? 흠칫 뒤를 돌아보게 됩니다.

ⓒ 제이액터스

또 다른 '뜨거움'

매혹적인 입술을 갖고 싶으면 친절한 말을 하라. 사랑스러운 눈을 갖고 싶으면 다른 사람의 좋은 점을 보아라. 아름다운 자세를 갖고 싶으면 네가 결코 혼자 걷지 않음을 명심하며 걸어라. 남을 도우라. 네 손이 두 개인 것은 한 손은 너 자신을 위한 손이고, 다른 한 손은 남을 위한 손이다.

오드리 헵번이 좋아했던 글이라고 합니다. 유니세프 친선대사로 인생 2막을 시작한 그녀는 50대 때부터 세상을 달리할 때까지 세계 곳곳 험한 곳을 찾아다니며 인권운동과 해외 봉사활동을 실천했습니다. 배우 정우성 씨도 세계 난민촌을 다니며 같은 일을 하고 있습니다.

아직 봉사가 몸에 배진 않았습니다. 공직에 있을 때 월급에서 나눔기금을 매달 내거나 어쩌다 한 번 보육원 등을 찾는 거였고, 모델로 나서고는 아카데미가 기획한 노숙자 돕기 자선 패션쇼나 연말에 펼치는 연탄은행 기부 패션쇼 등에 참여한 정도가 고작입니다. 재능기부 봉사라고 말하기도 정말 쑥스럽습니다.

올 여름도 뜨겁습니다. 특히 요새 며칠 동안이 더욱 그렇습니다. 이 뜨거운 날에 또 다른 '뜨거움'을 나에게 묻습니다.

ⓒ 제이액터스

135

일단, 해보자

아내가 한때 춤바람(?)에 빠진 적이 있습니다.

직장에서 일정 기간 〈댄스 스포츠〉 강좌가 개설됐는데 몇 번 해보니까 자기한테 딱 맞더랍니다. 그리고는 〈차차차〉, 〈자이브〉 같은 춤 종류를 읊어대며 함께 하자고 졸랐습니다. 춤에는 젬병이어서 망신만 당할 것 같아 거절하느라 애먹었던 기억이 납니다.

뭔가 새로운 것을 해본다는 건 정말 어렵습니다. 일단 게으른 원인이 큽니다. 새로 배우는 그 지난한 과정을 거치기가 성가십니다. 일상에서도 그렇습니다. 어디를 가려고 맘먹다가도 막상 아침이면 현관문을 나서길 싫어합니다. 실패가 겁이 나기도 합니다. 제 깐에는 온갖 노력을 다했는데도 그만한 실력이 나오지 않을 것을 걱정합니다.

이런 마음의 바탕에는 뭐든 잘해야 한다는 강박이 깔려 있습니다. 시원시원하게 '까짓것 해보지 뭐, 안 되면 말고' 이러지를 잘 못합니다. 그나마 나이가 들어가면서 조금씩 그 강박을 내려놓긴 합니다. 잘하는 데 집착하기 보다는 즐겁게 배우는 데 두자고 마음을 다집니다. 모델을 하다 보니 더욱더 느낍니다.

일단은 해보는 게 중요합니다. 해보지도 않고 안 될 것을 걱정하는 건 어리석습니다. 누군가 이런 글을 인터넷에 올렸습니다. "생각해 보면 재주가 없다고 시도조차 하지 않아서 놓친 즐거움이 얼마나 많을까 싶다." 공감합니다. 해보면 생각지 않게 자기한테 맞는 게 있습니다. 재미있게 꾸준히 하는 방법까지 찾는다면 그야말로 '짱' 입니다.

도전을 그리 겁내면서도 한 가지 성공한 게 있습니다. 헬스입니다. 우연히 시작했다가 습관이 됐고 16년이 지난 지금까지 이어지고 있습니다.

긍정의 격려

얼마 전 신문에서 중국에 '칭찬 단톡방'이 인기라는 기사를 읽었습니다. 중국 대학가를 중심으로 퍼진 '콰콰췬誇誇群'이 그것인데, 누구든 인생 문제부터 소소한 일상까지 어떤 상황이든 칭찬 받고 싶다고 요청하면 단톡방 회원들이 무한대의 지지와 격려를 보낸다고 합니다.

워킹이나 연기 수업을 하면서 칭찬을 듣는 때가 있습니다. 당연히 어깨도 으쓱해지고 기운이 납니다. 빈말인 것 같아도 듣기 좋습니다. 나도 칭찬을 하려는 편입니다. 주로 선배들이어서 워킹이나 자세가 멋지다 보니 당연히 칭찬이 나올 수밖에 없습니다.

나이 들수록 섭섭한 지적에는 민감해집니다. 선생님이 그리하는 건 받아들이지만, 동료까지 나서면 살짝 반감이 생기기 쉽습니다. '칭찬과 격려는 사람을 살리는 약'이라고 하는 말이 그래서 과언이 아닙니다.

누군가에게 '잘 될거야'라고 했던 긍정의 격려가 나도 모르게 그 사람 마음에

멋지고 의미 있는 씨앗으로 심어져 거기서 나온 새삭이 쑥쑥 자라나 커다란 나무
가 되게 한다면……. 그렇게 살았으면 좋겠습니다.

　'숨 막히는 오르막길을 넘게 한 힘은 등 뒤에서 살짝만 밀어주던 누군가의 손끝'
이라고 말한 고창영 씨의 시가 생각납니다.

ⓒ 장성하

접속

패션쇼 현장에 가다 보면 낯선 분한테서 깜짝 인사를 받을 때가 있습니다. "안녕하세요. 〈워킹일기〉 잘 읽고 있어요. 얼굴 보니 사진하고 똑같네요. 저 인스타 000이에요." "아! 그러시구나, 반가워요~" SNS 친구를 만난 겁니다. 서로 '좋아요'를 누르고 댓글로 응원하면서 온라인에서 가까워진 분들입니다. 그런 분을 실제로 만나니 상상 속 인물이 현실로 '펑' 하고 튀어나온 느낌입니다.

사람을 만나고 보이지 않는 끈으로 연결되는 모든 게 '인연'입니다. 만날 수 있게 해주는 직접 원인을 인囚이라 하고 간접 원인을 연緣이라 하는 데, 이 둘이 조화로워야 인연이 맺어진다고 합니다. 즉 '시니어 모델'이라는 공감대를 소셜 네트워크가 이어주면서 좋은 분들과 만나게 된 셈인 거죠. 제가 SNS를 시작한 게 2019년 초부터이니 그렇지 않았다면 만날 수 없었던 분들입니다. 지구 건너편에서도 문자가 오는 거 보면 넓다고 하는 세상도 한 치 앞에 있습니다.

문득 《접속》이란 영화가 생각납니다. 모니터 너머 보이지 않는 세계에 있는 남자와 여자가 컴퓨터 통신과 라디오 음악을 통해 교감하지만 현실에선 어긋나기만 해서 보는 내내 안타깝고 간절했던 기억이 납니다. 그 설렘과 따뜻함이 되살아나고 있습니다.

그곳에는 작은 행복들이 차곡차곡 나열돼 있습니다. 맛있는 것에 반하고 자식 효도에 흐뭇해하고 배우자 사랑에 설렙니다. 부모님 걱정에 애틋해 하는, 모델의 자부심과 일상의 소소한 일들을 사진으로 보면 보는 그 사람도 그 행복에 함께 젖게 합니다. 거기에다 가끔씩 가슴 떨리는 현실 속 접속은 선물이고 '뽀나스' 입니다.

연기는 '자기 사랑'

배우한테는 경험이 매우 중요한 자산입니다. 그런 점에서, 시니어 분들은 이미 배우가 될 여건을 충분히 갖췄습니다. 그동안 수없이 부대꼈던 사람과 사연이 얼마나 많겠습니까? 그 다양한 삶의 경험을 상상력으로 이끌어내 보여주기만 하면 됩니다.

시니어 모델은 패션만이 아닌, 광고나 방송 모델도 돼야 하니 연기력이 필요합니다. 물론 워킹에서도 표정 연기가 도움이 됩니다. 모델 출신 배우 공정환 씨의 연기 특강을 들었습니다. 이날 강의는 '연기 기술' 보다는 연기의 근원을 되짚어 보는 철학 공부에 가깝다는 생각을 했습니다.

그는 얘기합니다. "배우는 잔잔한 호수 같아야 작은 동심원 하나라도 제대로 보여줄 수 있습니다. 마음이 파도치듯 일렁거리면 이를 놓칩니다. 평정심을 잃지 않는 것, 그래서 배우 수업은 도 닦는 거와 같습니다."

연기를 처음에 어떤 방법으로 배웠느냐는 질문에는 "피사체인 내가 화면에 어떻게 보이는가를 알기 위해 촬영기법을 먼저 익혔고, 책과 영화를 수없이 봤다."
라고 말합니다.

그리고는 강조합니다. "배우는 궁극적인 목표가 좋은 사람이 되는 것이니 만큼
인문학을 공부하는 게 중요합니다. 그러면 삶을 돌아보게 되고 세상을 이해할 수
있습니다. 늘 자신을 바라보는 CCTV를 켜놓아야 합니다. 끝없이 배우니까 배우입
니다."

자신을 제대로 보고 사랑하고 믿음을 가져야 공감하는 연기가 나올 수 있다고 하
니 결국 연기는 '자기 사랑'입니다.

ⓒ유효종

몸짓 하나에도 의미가 있다

주일학교에서 선생님이 아이들한테 '천당 가는 방법'에 대해 설교합니다.

선생 : 만약 집과 자동차를 팔아서 몽땅 교회에 바치면 천당에 가게 될까요?

학생 : (일제히) 아뇨!

선생 : 만약 매일 교회 청소를 한다면 천당에 가게 될까요?

학생 : 노오!

선생 : 그렇다면 어떻게 해야 천당에 갈 수 있는 거죠?

다섯 살 된 녀석이 소리쳤다. "죽어야죠!"

아주 오래 전 20대였을 때 친구 꼬드김에 믿음도 없는 내가 산동네 개척교회에서 여름성경학교 선생님 역할을 잠깐 한 적이 있습니다. 모든 게 낯설었습니다. 다른 건 어떻게 흉내를 내보겠는데 아이들 기도를 이끄는 게 문제였습니다. 저 혼자 살짝 샛눈을 뜨고 베껴온 기도문을 좔좔 읽어댔습니다. 간절함은커녕 '영혼이 1도 없는' 형식적 기도였습니다. 아직도 종교는 없지만 그때를 생각하면 얼굴이 화끈거립니다.

연기 공부 할 때 동작과 눈길 하나에도 의미를 두어야 한다고 배웠습니다. 왜 쳐다보는지, 왜 그런 눈빛을 보이는지, 목소리는 왜 그런지, 각기 이유가 있어야 한다는 거죠. 패션 무대에서도 마찬가지. 워킹과 포즈 하나하나에도 표현하려는 의도를 담아야 관객과 소통할 수 있다고 들었습니다. '영혼 없는 기도'가 하늘에 닿을 리 없듯이.

일상에서도 내 말 한마디, 내 작은 손짓 하나가 내 생각을 은연 중 나타내는 거라 생각하니 은근히 무섭습니다. '너의 그 한마디 말도 그 웃음도 나에겐 커다란 의미' 라고 하니 말이죠.

ⓒ 장성하

옷에서 풀려나야

발목이 드러나는 슬림핏 바지에 가로 줄무늬 흰색 면티를 입은 30대 남성, 청바지에 꽃무늬 티셔츠와 흰색 샌들을 입은 같은 나이대 여성, 길가다 자주 보는 평범한 옷차림이지만 이것이 직장인 출퇴근 복장이라면 애기가 달라집니다. 그것도 국내 4대 그룹 직원들이라면.

회사원들 옷차림이 점점 튄다고(?) 합니다. 가장 멋없는 옷차림의 대명사인 공무원까지도 나서면서 반바지 출근을 허용하는 지자체가 늘어나고 있습니다. 이를 장려하기 위해 직원을 모델로 세운 반바지 패션쇼를 연 곳도 있습니다. 민소매와 짧은 치마를 엄두도 못 냈던 여성들도 남의 눈치 안 보고 입는 분이 늘어났습니다.

옷차림을 보면 그 사람의 성격을 알 수 있다는 글을 읽었습니다. 튀는 옷 못 입고 무난한 옷을 고르는 사람은 보수적이지만 현실 적응력이 뛰어나고, 심플한 디자인을 선호하면 자기 통제력을 지닌 외향적 성격이랍니다. 또 색다른 옷 입기를 즐기는 분은 창조성이 좋지만 충동적이고, 청바지나 정장만을 고집하면 고지식한 성격이라네요.

옷차림이 마음을 지배한다고 봅니다. 정장과 한복은 행동을 옥죄고 무거운 옷은 분위기를 옥죕니다. 유니폼은 행동과 생각을 튀지 못하게 억제하는 묘한 힘이 있습니다. 복장이 편해지면 분위기도 편해지고 업무 효율도 높다는 이론이 많습니다. 그래서 회사마다 복장 자율제를 하는 거겠죠.

옷으로 사람을 판단해서는 안 되지만 옷으로 허세를 부려서도 곤란합니다. 옷에서 풀려나 맘껏 끼는 부리되 사회에서 기대하는 역할에 동조할 수 있는 깔끔함과 성숙함, 그것이 아름다운 옷차림이 아닌가 생각합니다.

ⓒ 이호

화초와 잡초

어느 분이 인터넷에 글을 올렸습니다. "안 쓰는 화분에 새싹이 나서 물도 주며 햇빛 나는 곳에 잘 나뒀더니 하루가 다르게 크다가 요즘에는 잎이 축 처져 있어 마음이 아픕니다. 그냥 잡초인가요?" 댓글이 대박입니다. 희대의 명언이라 교과서에도 실렸다고 합니다.

"기르기 시작한 이상 잡초가 아닙니다."

불과 몇 해 전만 해도 나와 아카데미 동료들의 일상은 평범했습니다. 회사에 가고 일을 하고 퇴근을 하고 소주를 마시고 드라마를 봤습니다. 아침밥을 짓고 설거지를 하고 거실을 닦고 애들과 다투고 친구와 수다 떨고 드라마를 봤습니다. 어쩌다 보는 TV 속 모델은 남의 얘기였고 동화 속 환상이었습니다. 그렇게 그렇게 하루를 보냈습니다.

지금은 그때의 우리가 아닙니다. 신기루 같았던 모델은 현실이 됐습니다. 팽개쳤던 옷들은 다시 작품이 되고, 엄두도 못 냈던 가슴 파진 옷에다 머리에 색도 냅니다. 15센티미터 힐에 도전하고 쫄바지에다 맨발 패션이 어색하지 않습니다. 흰머리가 더 자랑스럽고 늙어감에 멋을 더합니다.

자기 몸을 아끼고 가꾸고 사랑했더니 이렇게 달라졌습니다. 내버려두면 잡초지만 관심과 정성을 더하니 화초가 됩니다. 내 삶도 마찬가지, 스스로 보살피고 정성으로 가꾸면 꽃이 되고 걷는 길은 꽃길이 됩니다. 그런 우리는, 시니어 모델입니다.

ⓒ 장성하

결혼연가

가을이 서서히 옵니다. '모기도 입이 비뚤어진다.' 는 처서가 지나고 풀잎에 이슬이 맺히기 시작하는 백로가 다가오니 계절은 속이지 못하나 봅니다.

이쯤 되면 결혼 시즌도 함께 시작됩니다. 요즘은 결혼하는 데 계절을 따로 따지진 않습니다. 그래도 결혼이라고 하면 가을 아닙니까? 신선한 바람과 높고 파란 하늘, 그리고 사랑하는 사람……. 딱 맞아 떨어지는 그림입니다.

어제 워킹 수업 선배가 내 인스타 글을 칭찬하면서 한마디 덧붙입니다. "유 선생님 부인은 좋겠어요. 남편이 글을 잘 쓰니……." 정말 그런지는 아내가 알 터인데 물어보질 못했습니다.

나는 1988년 5월 봄에 결혼을 했습니다. 복작대는 결혼식장이 싫어서 하루를 온전히 우리에게만 내주는 곳을 찾았고 어린이대공원 옆 〈어린이회관〉 잔디밭이었습니다. 하필 그날 비가 내리는 통에 회관 안 시청각실로 옮겨서 치렀습니다.('비 오면 잘 산다' 는 말은 속설이 아닌 팩트입니다. 우리 부부가 증명합니다.)

청첩장도 색다르게 하고 싶었습니다. 표지는 친구 판화 그림을 넣었고 내가 쓴 초대 글에다 신랑 신부의 프로필까지 직접 써서 실었습니다. 특별행사로 30분짜리 공연도 했습니다. 지금이야 축가와 퍼포먼스가 일상이지만 당시에 결혼식장에서 별도로 가수를 불러다 공연하는 건 흔한 일이 아니었습니다.

허허~ 어쩌다 보니 내 결혼 추억까지 불러냈군요. 살면서 자기가 주인공인 몇 안 되는 추억 중 하이라이트인 결혼. 지금은 또 다른 주인공이 돼서 패션 무대에 서고 있습니다. 하이라이트까지는 아니더라도 스포트라이트는 한 몸에 받습니다.

ⓒ유효종

이불 밖은 위험해

머리 모양을 바꿨습니다. 정말 오랜만에 이발소에 갔습니다. 아, 이발소가 아니고 〈바버숍〉입니다. 개성 넘치고 감각 있는 젊은 이발사(바버)들이 헤어커트와 면도를 비롯한 다양한 머리 스타일링을 해주는 곳입니다. 진부하고 전형적인 헤어숍 스타일에서 벗어나 개인의 두상, 모질, 모량에 맞는 디자인을 해준다는 곳입니다.

머리숱이 적고 힘이 없다고 말하니 머리 모양을 쭉 보고는 마음속 견적을 내는가 싶더니 드디어 가위질을 시작합니다. 색다른 건, 이발사가 깎으려는 방향으로 왔다 갔다 하는 게 아니라 다듬을 방향으로 의자를 빙글빙글 돌립니다. 중간 중간 서부 영화에 나오는 '건맨' 마냥 가위를 손가락에 끼고는 획획 돌리기도 합니다.

옆과 뒷머리를 높게 쳐 올리고 웃머리는 오른쪽 가르마를 타서 왁스를 발라 넘겼습니다. 수염과 함께 어우러져 한결 멋있어졌다고 같이 간 사람들이 난립니다. 그렇게 말을 하니 나도 순간 세뇌가 돼서 그런 것처럼 보였습니다.

머리 모양 하나 바꾸는 것도 결단이 필요합니다. 익숙한 걸 쉽게 놓지 못합니다.

바꾼다는 건 정말 어렵습니다. 삶의 방식을 바꾸는 건 더욱 그렇습니다. 그러면서도 '새로운 것' 에 대한 기대가 전혀 없는 것도 아닙니다. 설레고 즐거울 것 같거든요. 그래서 변화를 결심하는 순간, 두려움이 밀려옵니다. "아냐, 아직 이불 밖은 위험해."

시니어모델 여러분들은 이미 놀라운 변신을 거뜬히 해내셨습니다. 나도 그렇고요. 한 번이 어렵지, 해보면 늡니다. 자신감을 갖고 또 다른 변화에 한번 도전해 보실까요? 어렵다면 아주 조그마한 것부터…….

트렌치코트

외국영화 《애수》 기억나십니까? 우리 시니어 세대 영화입니다. 1952년도 작품이니 젊은 분들은 못 봤을 겁니다. 로버트 테일러가 버버리를 입고 연인 비비안 리와 비 내리는 워털루 다리에서 포옹하는 가슴 떨리는 장면.

《카사블랑카》는 또 어떻습니까? 험프리 보가트의 트렌치코트는 영화 속 대사 "당신의 눈동자에 건배를!" 만큼이나 가슴을 적시는 패션입니다. TV 드라마 《형사 콜롬보》에서 피터 포크가 입은 후줄근하게 구겨진 코트는 범인의 긴장을 무장해제 시키는 효과를 줍니다. 《영웅본색》에서 성냥을 입에 문 주윤발의 코트, 시쳇말로 '죽여줍니다.'

가을입니다. 아침저녁 찬바람이 살살 부는 이때쯤, 모델이라면 트렌치코트 정도는 입어줘야 합니다. 패션 무대에서도 빠지지 않는 의상 콘셉트입니다. 나도 버버리가 있습니다. 그런데 하나는 몸에 꽉 끼고 다른 하나는 좀 낡았습니다. 꼭 이맘때면 하나 사야겠다고 마음먹으면서도 막상 사려면 망설여집니다. 가을이 오기 무섭게 바로 추워져 버리니 별로 입을 기회가 없을 것 같아서입니다.

얼마 전 워킹 수업 때 테마는 트렌치코트였습니다. 남자답게 코트자락을 '탁' 치면서 뒤돌아가는 걸, 여자 분들은 휘리릭 날리는 모습을 보여주는 게 핵심입니다. 코트를 입으면 왠지 '센치' 해집니다. 낙엽 한 잎 들어 올리며 눈물져야 할 것 같고 성냥이라도 물어야 할 것 같습니다. 나이만 들었지, 아직도 비비안 리이고 험프리 보가트입니다.

휘리릭 날리는 코트자락에 마음 설레는, 우리는 시니어입니다.

ⓒ 장성하

아마추어라서 괜찮아?

《김연자 라이브 콘서트》를 보고 왔습니다. 우리 동네 고양시 어울림극장에서 열렸기에 아내와 유쾌하게 즐기고 왔습니다. 좌석은 무대 앞 바로 두 번째 줄. 열창하는 김연자 씨 목소리가 스피커처럼 떨리며 내 몸에 생생하게 전달됐습니다.

〈수은등〉으로 시작해서 〈진정인가요〉, 〈10분 내로〉 등 인기곡을 거쳐 마지막은 열광의 〈아모르파티〉로 맺는 120분간의 열창 무대였습니다. 프로는 역시 프로입니다. 작은 체구에서 뿜어져 나오는 것이라고는 믿기 어려운 혼신의 열창은 화려한 조명과 배경 영상, 오케스트라와 함께 어우러지며 1,200여 명 관객의 눈길을 공연 내내 사로잡습니다.

나를 돌아봅니다. 내가 무대에 섰을 땐 어땠을까? '시니어니까, 아마추어니까, 관객들도 어느 정도쯤은 이해하고 봐주겠지.' 하는 안일함은 없었을까? 미리 나를 초보자란 양해의 틀에 묶어놓고 큰 실수 없이 끝낸 것으로 만족하지는 않았는지.

워킹 한걸음 한걸음에 관객의 눈길이 집중되고 포즈 한 동작 한 동작으로 감탄을

이끌어 내는 카리스마. 그냥 상상이 아닌 현실로 만들어 내고 싶었습니다. 모델로
나선 내 운명을 정말 사랑한다면 말이죠.

"나이는 숫자 마음이 진짜, 가슴이 뛰는 대로 가면 돼……."

특기가 있으십니까?

얼마 전 오디션을 앞두고 행사를 주관하는 회사에서 사전 인터뷰를 한다며 작가 분께서 전화를 걸어왔습니다. 이런저런 얘기를 나누던 중 드디어 난감한 질문이 들어옵니다. "혹시 특기가 있으세요?" 아, 불길한 예감은 왜 틀리지 않는 걸까요?

TV 오디션이나 예능 프로그램을 보다 보면, 부쩍 '개인기'를 보여 달라는 주문 이 많습니다. 이런 방송이 많다 보니 은근히 때 이른 걱정을 합니다. 오디션 장에 가면 뭔가 남들과는 다른 '끼'를 보여줘야 할 것 같은데 나는 그런 게 있나? 글 잘 쓴다고 즉석에서 수필을 써보나, 헬스를 했으니 웃통을 까나?

특기가 있느냐 취미가 뭐냐는 질문을 받을 때가 많습니다. 참 난감합니다. 음악 감상, 독서라기엔 진부하고 춤이라도 보여주면 좋겠지만 그건 젬병이고 그나마 어 찌어찌할 수 있는 건 통기타 치는 건데 이게 또 확실치가 않습니다.

이런 글을 읽은 적이 있습니다. "악기를 배우면서 프로처럼 연주하길 꿈꾸지 말 고 자신이 즐기는 방법을 터득하는 것이 더 쓸모 있다. 예를 들어 일반인이 취미로 기타를 배워 악보만 보고 연주할 수 있다는 것은 아마추어로서 최상의 위치에 오른 것이다."

이 얼마나 깔끔하고 통쾌한 조언입니까? 자신감이 불끈 솟습니다. 코드 보고 대충 따라할 수는 있거든요. 그런데, 그런데…… 문제는 노래입니다. 아~ 다시 장벽이 앞을 가로막습니다.

특기가 뭐냐고요?
시 좋아하는데 시 한 구절 읊어드릴까요?

정답 없는 패션

유럽 고전영화에 나오는 귀족 남성들의 옷차림을 보면 칼라를 턱 밑에까지 세우고 남성용 스카프인 크라바트를 목에 둘둘 감고 있습니다. 이렇게 폼 잡던 옷 모양이 1860년 대 무렵부터는 일반 시민들의 유행을 따라가면서 풀 먹인 칼라 폭은 좁아지고 턱밑에서 꺾어 그 위에 나비넥타이를 매기 시작합니다. 지금 같은 신사복 칼라 형식은 이때부터 시작되고 1870년쯤에는 크게 유행했다는 기록을 읽었습니다.

미국 어느 미술사학자는 남성 신사복은 강력한 남성의 힘을 상징하고 역동적인 분위기를 풍기며 강한 성적 매력을 만들어 낸다고 말했다는데, 부인하기 어렵습니다. 슈트를 입으면 우쭐해지니까 말이죠.

우리 아카데미에 미국 유명 패셔니스타인 닉 우스터 사진이 오랫동안 걸려 있었습니다. 가장 눈에 띄는 것은 정장에 운동화를 신은 모습이었습니다. 멋져 보였고 꼭 그렇게 하고 싶었습니다. 그러던 차, 어느 오디션에 그렇게 하고 나갔습니다. 넥타이를 맨 감색 슈트에 흰색 스니커즈를 신은 겁니다.

어떤 옷이든 어떤 모양새든 패션에 정답은 없습니다. 또 패션은 나이를 가리지 않습니다. 남성 전유물로만 여겼던 슈트를 여성들이 입기 시작하고 할리우드 연기파 배우 캐서린 햅번은 남성적 디자인의 팬츠 슈트를 즐겨 입었다고 하는데다, 이 여성슈트가 올 가을 트렌드라고 하니 더욱 실감합니다.

슈트든 치마든 어느 한 성의 전유물이 아닌 게 됐습니다. 치마 입는 과감한 남성도 간간히 뉴스가 되니까요. 익숙한 것에서 조금만 벗어나도 패션의 새로운 길은 열립니다.

ⓒ 제이액터스

빨간 내복

은퇴하고 처음으로 돈을 벌었습니다. 모델 일로 번 첫 소득입니다. 치매 예방 관련 영상물에 출연해서 받은 출연료인데, 그 뿌듯함이 남다릅니다. 월급이라면 432개월 동안 달마다 또박또박 받아봐서 무덤덤할 듯도 하지만, 그게 아니더군요.

나름대로 첫 봉급이다 보니 '빨간 내복'이 떠오릅니다. 우리 나이 때 분들은 공감하실 겁니다. 처음 봉급을 받으면 부모님께 봉급 봉투와 함께 빨간 내복을 사다드려야 한다는 것을. 지금처럼 난방도 잘 안 되던 시절에 속옷만큼 좋은 선물은 없었을 것이고 그만큼 귀하기도 했기에 그랬을 겁니다.

빨간 내복을 받으실 제 부모님은 지금은 안 계십니다. 아버지는 너무 일찍 돌아가셔서 제 첫 월급을 받지 못하셨고, 다행히 어머니에게는 빨간색인 것까지는 모르겠으나 속옷은 사 드렸던 것으로 기억합니다. 그 어머니도 3년 전 돌아가셨습니다. 만일 두 분이 계셨다면 이 첫 봉급으로 뭘 해드렸을까? 아마도 두 분께서는 "뭘 이런 걸 사오냐. 우린 됐다. 니들끼리 어디 나가서 맛있는 거 먹고 와라." 하셨을 거고, 그 때문에 자식이랑 작은 실랑이도 벌였을 겁니다. 문득 짠해집니다.

빨간 내복, 이젠 받는 나이가 됐고 아무리 추워도 아직은 맨살로 버티고는 있어
썩 내키는 건 아닙니다만 '나이롱'의 추억은 늘 그립고 따뜻합니다.

ⓒ 장성하

자식은 늘 어린애?

대학교 영화 관련 전공 학생들은 단편영화를 만듭니다. 졸업 작품이나 단편영화제 출품 등을 목적으로 만드는 데 보통 상영 시간이 15분 정도로 짧습니다. 류준열, 변요한, 김태희, 박해일 등 유명 배우들도 대부분 단편영화 출연을 시작으로 경험을 쌓아간 경우가 많다고 합니다.

짧지만 강렬하고, 창조적이지만 조금은 엉성한, 아마추어 배우들이 날것의 열정을 마음껏 발휘한다는 특성 때문에 꽤 주목받는 영역입니다.

처음으로 단편영화를 찍었습니다. 영화 줄거리가 철학적입니다. 일정 나이가 되면 손목시계를 받게 되는 가상의 사회. 주인공은 시계가 돌지 않고 주변 사람들은 먼저 시계가 돌아가는 현실 속에서 각자마다 시계가 켜지는 시간이 다르다는 것을 깨닫게 된다는 내용입니다.

감동을 받았던 것은 촬영 과정도 과정이지만 영화를 찍는 대학생들의 유쾌한 열정이었습니다. 발랄하면서도 진지하고 신중하고 의젓한 모습을 보면서 참 대견하다는 생각이 들었습니다. 장면이 마음에 안 들면 가차 없이 다시 찍는 결단을 보이고, 무거운 붐 마이크를 서로 번갈아 들기도 하고, 길바닥에 앉아 김밥으로 점심을 때우면서도 해맑게 웃는 아이들.

좋아하고 재밌는 일을 하면 그리 되는 거겠죠. 내 딸도 밖에서는 저렇게 의젓하고 대견하고 멋진 아이일까? 아마 그럴 겁니다. 정작 불안한 건 오히려 자식을 늘 어린애라고만 생각하는 어른들이 아닐까 되새겨 봅니다.

ⓒ유효종

하이힐

영화 《하이힐을 신고 달리는 여자》를 본 적이 있습니다. 두 아이를 키우며 펀드 매니저로 일하는 워킹맘 얘기인데, 직장 여성이 육아와 커리어 사이에서 겪는 고충이 소소하고 유머러스하게 펼쳐지는, 그러면서도 마음 찡한 영화입니다.

패션모델한테서 하이힐을 떼어놓고는 얘기하기 어렵습니다. 나이가 들어도 이른바 굽 높이가 10센티미터가 넘는 '킬힐'을 포기하지 않습니다. 최고 모델이었던 나오미 캠벨이 예전에 40센티미터짜리 킬힐을 신고 워킹 중 넘어지면서 '킬힐 바이러스'라는 말이 퍼질 정도였으니, 하이힐은 신는 것 자체가 모험일 수 있습니다.

하이힐은 무게 중심이 앞에 있기 때문에 몸을 앞으로 쏠리게 만듭니다. 그러면 균형을 잡기 위해 윗몸을 뒤로 젖히게 되니 다리가 길어 보입니다. 자연스레 발꿈치가 들리면서 엉덩이는 올라가고 가슴은 커 보입니다. 이런 효과 때문에 여성에게 하이힐은 '신이 내린 선물'이라고까지 말합니다.

하이힐을 신으려면 요통과 발가락 변형, 하지정맥 등을 감수해야 합니다. 그렇더라도 정말 가끔은, 열심히 사는 자신에게 하이힐로 아름다움을 보상받는다면 괜찮지 않을까요? 난 찬성입니다.

일과 육아로, 가사로 너무 지친 여성에게 담배마냥 하이힐이 주는 해악만을 강조하는 건 너무 잔인하지 않나 싶습니다. 자기 매력을 맘껏 뽐내고 싶어 하는 워킹맘과 시니어 여성에게 주는 '선물' 같은 하이힐, 제가 봐도 정말 멋집니다.

'파격'이 필요합니다

어느 오디션에 섰을 때 정장에 하얀 스니커즈를 신었더니 심사위원 중 한 분이 '신의 한 수'라고 추켜세웠습니다. "슈트에 정장 구두를 신으면 자칫 딱딱하고 진부한 느낌을 줄 수 있는데, 저렇게 표현하니 캐주얼 느낌도 살리면서 무거운 부분들을 가라앉히는 효과를 준다."

일정한 격식을 깨는 것을 '파격破格'이라고 합니다. 1929년 무용가 최승희씨가 일본에서 귀국할 때 단발한 머리가 논란이 됐다고 합니다. 당시 조선에서 그런 머리는 카페의 '웨이트리스'나 '댄스 걸'들이나 하는 천한 풍속으로만 여겼기 때문에 보통 여성들이 감행하기 어려운 모험이었던 거죠.

1930년대 들어서면서 단발 거부감이 줄어들었고 언론에서도 "낡은 것에 반항하라. 간편 우미 경쾌하다."라며 단발의 장점을 소개합니다. '단발을 하면 젊어 보이니 씩씩해 보이고 저고리 깃 등에 기름때가 묻지 않아서 옷을 갑절이나 입는다. 고무신에도 긴 치마에도 처음에 보면 이상한 듯 한 그것이 더 보면 우미해 보인다."

세상을 보는 눈은 시대에 따라 다르고 사람들마다 다릅니다. 이럴 때 대체로 내 생각이 옳다는 전제를 두고 자기 위주로 판단을 내립니다. 다른 사람 생각이 틀리다고 생각되면 반대로 '내 생각도 틀릴 수 있지 않을까?'를 의심해야 합니다. 이를 인정해야 다른 사람의 생각을 이해할 수 있고 조금 더 관대해질 수 있습니다. 그야말로 딱딱한 생각의 틀을 깨는 '파격'이 필요합니다.

배우 정우성 씨가 세계 여러 나라 난민들을 만나면서 보고 느낀 것을 책으로 낼 때 "어떤 것이 가장 어려웠나?" 하는 질문에 이렇게 답을 했습니다. "내가 보고 느낀 것들이 절박해도 내 생각이 절대적으로 옳다고 말하고 싶지 않았고 감정적으로 비춰지지 않도록 담담하게 담아내는 것이 어려웠다."

두렵다

현대백화점이 2019년 9월 〈패셔니스타 시니어모델 콘테스트〉를 열었습니다. 백화점 측이 과감하게도 시니어(만 60세 이상)만을 대상으로 한 선발대회를 처음으로 기획해서 개최한 것인데 정말 기쁘게도 '국민투표'(현대 회원과 일반인 대상)를 거쳐 내가 최종 1등에 뽑혔습니다.

1·2차 오디션과 대담, 인터뷰 등의 모든 과정이 유튜브 자사 텔레비전 방송을 통해 2달 동안 4회에 걸쳐 공개됐습니다. 여기에다 한 지상파 TV에서 1차 오디션 과정을 스케치해 8시 뉴스에 방영했고, 얼굴이 실린 대회 안내 광고가 지하철에까지 걸렸으니 나도 이른바 '방송'을 탄 겁니다.

그 때문일까요, 얼마 전 길을 걷는데 느닷없이 대학생쯤으로 보이는 남자 두 명이 저한테 꾸벅 인사를 하면서 "영상에서 잘 봤습니다. 실제로 보니 정말 멋지시네요!" 하는 겁니다. 순간 당황? 황당? 얼떨결에 고맙다는 인사를 건넸습니다만, 난생처음 겪는 야릇한 느낌이었습니다. 아마 유튜브를 봤던 모양입니다.

그러면서 순간 두려움도 다가왔습니다. 나는 모르는데 나를 아는 다른 사람들이 주변에 얼마만큼 있는 걸까? 내 모습 내 행동 하나하나가 나도 모르는 새 그들 눈에 포착되는 건 아닐까? 나를 지켜보는 또 하나의 CCTV가 생긴 것 같았습니다.

내 생각이 너무 나간 걸까요? 연예인병일까요? 이른바 관심병인 '관종' 증세인가요? 얼마 전 출연했던 대학 단편영화 〈MY PACE〉의 뜻이 '남 신경 쓰지 않고 자기 하고 싶은 대로 하는 행동'이라는데 거참, 두 상황이 묘하게 겹칩니다.

ⓒ 현대백화점

헤어진다는 것

'거자필반去者必返'이란 말이 있습니다. '헤어진 사람은 다시 만나게 된다.'는 뜻으로 주로 '만난 사람은 반드시 헤어진다.'는 회자정리會者定離와 같이 씁니다. 석가모니가 임종 직전 모여 있는 제자들에게 "세상에 영원한 것은 없다. 만나면 반드시 이별이 있다."라고 말한 것에서 유래됐다고 하죠.

'회자정리'라고 위안을 해도 좋은 분과 헤어지는 건 어쨌든 마음 아픕니다. '거자필반'을 믿으며 그나마 슬픔을 삼키는 것이겠죠. 헤어지는 대상은 사람만이 아닙니다. 청춘·젊음, 시간과 하루하루와 헤어집니다. 김광석 씨가 부른 〈서른 즈음〉이 그렇습니다. "점점 더 멀어져 간다. 머물러 있는 청춘인 줄 알았는데(……) 또 하루 멀어져 간다. 매일 이별하며 살고 있구나."

함께 워킹수업을 받던 선배가 아카데미를 떠났습니다. 4년 가까이 함께 하면서 늘 자상하고 웃음을 잃지 않던 품성 좋은 분이어서 섭섭함이 더했습니다. 그 분 말이 기억 납니다. "내가 이곳에 오는 이유는 물론 워킹을 배우려는 것이지만, 사람들이 보고 싶어서, 함께 했던 사람들과 있는 게 너무 좋아서이지."

12월은 헤어지기 좋은 달입니다. 눈물 나기도 쉽고 쓰린 가슴도 더 쓰릴 수 있고 아쉬움도 더 커질 수 있고, 배경도 그럴싸합니다. 곧 2019년과 헤어질 길목에서 좋은 분과 이별 연습을 미리 한 셈입니다.

© 장성하

절박하게 살고 싶지 않아

"어떻게 모델이 되실 생각을 하셨어요?"

어느 언론사 인터뷰에서 기자가 물었습니다. 흔한 질문입니다. 공무원이었다가 모델이 됐다고 하니까 뜬금없기도 했을 것입니다.

"절박해 하기가 싫었어요." 내 대답입니다. "36년 일하는 동안 승진에 절박했고 잘 해보려고 절박했고 누구보다 빨리 가려고 다급했는데 이젠 은퇴도 했으니 그 절박함에서 벗어나고 싶었습니다."

그랬습니다. 직장 생활 대부분을 그렇게 여유 없이 보냈습니다. 이제는 정말 그렇게 지내고 싶지 않습니다. 그렇다고 모델 일이 설렁설렁하다는 말은 아닙니다. 즐기자고 시작한 일이니 '안 되면 마는 거지 뭐.' 하는 여유를 상대적으로 더 부릴 수 있다는 뜻입니다.

지금의 생각과 딱 맞아 떨어지는 책 제목이 있습니다.

《하마터면 열심히 살 뻔했다》. 글쓴이는 4수 끝에 대학에 갔고 졸업 후 여러 직업을 함께 하며 열심히 살았지만 세상을 버티며 산다는 생각에 사표를 냅니다. "열정도 닳는다. 함부로 쓰다보면 정말 써야 할 때 못 쓴다. 언젠가 열정을 쏟을 일이 생길 때를 위해 열정을 아끼자. 그리고 내 열정은 내가 알아서 하게 가만 놔뒀으면 좋겠다."라는 이유로 더 이상 열심히 살지 않기로 결심합니다.

그러면서 "원하지만 가지지 못해도 괜찮은, 가지면 좋지만 가지는 것이 삶의 목표는 아닌, 욕심이 없지는 않지만 욕심 때문에 괴롭지 않은 그런 마음이고 싶다."고 밝힙니다.

워킹일기에서 언급한 '인생, 너무 어렵게 살지 맙시다.'와 같은 맥락입니다. 그나저나 은퇴했다고 너무 내려놓는 거 아닌지 모르겠습니다.

따뜻한 게 최고

워킹 아카데미가 있는 곳이 서초瑞草구인데, '서초瑞草'는 '서리풀', 즉, '상초箱草'에서 유래됐다고 합니다. 예부터 서초에서 나는 쌀을 임금님께 바쳤다는 기록이 있어 '서초'란 좋은 일이 일어날 예감을 주는 풀, 즉 '벼'를 뜻하기도 한답니다.

이 동네 버스 정류장과 횡단보도에는 버스를 기다리는 동안 추위와 바람을 피하게끔 비닐하우스가 설치돼 있는데 그 이름이 재밌습니다. '서리풀 이글루'.

우리 동네 이름은 '탄현炭峴'인데, '숯고개'의 한자말입니다. 근처에 참나무가 많아 숯을 많이 만들었던 모양이죠. 예전 직장도 '광화문光化門', '온수역溫水驛' 부근이었으니 이 모두가 따뜻함과 인연이 있습니다.

겨울에는 따뜻한 게 최곱니다. 어려운 분들에게는 더욱더 그렇습니다. 이 분들에게 조금이라도 도움을 주고자 아카데미 주관으로 자선 패션쇼를 엽니다. 유명 패션 디자이너와 브랜드가 협찬하고 저희 시니어모델들은 재능기부를 합니다.

그 날 입을 옷은 남성맞춤정장 브랜드인 〈포튼 가먼트〉에서 제공했습니다. 옷을 맞추는 중에 옷이 너무 멋져서 사진도 찍었습니다. 보기에도 그렇고, 디자이너의 마음씨도 그렇고, 아주 따뜻합니다.

3 나이 드니 전성기

초점 놓친 '명성'

제법 사진을 찍는다는 친구가 자기 아버지 유품인 1933년산 수동 〈라이카〉 카메라를 시험해 본다며 나를 찍었습니다.

인화해 보니 초점이 어긋났습니다. 친구의 사진 경력도, 사진기의 명성도 순간 우습게 됐습니다. 명품 사진기일지라도 자주 꺼내어 교정하고 다듬어 주지 않으면 그 이름값을 못할 수 있습니다.

우리도 마찬가지, 능력 자랑만 말고 수시로 갈고 닦아야 합니다. '명성'을 잃는 건 순간입니다.

© 장성하

조금 올려 잡은 목표

꾸준히 운동(헬스)을 하고 있습니다. 벌써 16년째입니다. 이젠 중독처럼 습관이 됐습니다. 스스로 잘했다고 칭찬하는 좋은 습관 중 하나입니다.

그렇다고 흔히 생각하는 보디빌더처럼 몸이 울퉁불퉁하지는 못합니다. 그냥 군살 없는 정도? 운동과 식이요법 등을 잘 지키는 것이 중요한데 아무 때나 아무거나 막 먹기 때문이죠.

가슴, 등, 다리, 운동 종류별로 1세트 15개 정도씩 하는데 13~14개째 때 거의 한계상황이 옵니다. 목표를 20개로 잡으면 15개가 지나도 아까만큼 힘들진 않습니다. 정신력인 것 같습니다.

삶의 목표도 마찬가지. 조금 올려 잡으면 성취도도 그만큼 올라가지 않을까요?

막혀도, 막혀도……

2009년이었던가요? 우주선 〈나로호〉로 인공위성을 쏘아 올리려던 계획이 실패했습니다. 국민 기대가 컸던 만큼 실망도 적지 않았습니다.

실패 직후, 대통령이 예정에 없이 방문하자 우주선 연구원들은 '걷거나 흐르지 못하는 길을 물이 되어, 새벽안개로, 막혀도 막혀도 간다.' 는 시를 낭독하며 당시의 심정을 대변했다고 합니다.

목표를 향한 전문가들의 집념은 이리 간절합니다. 그 간절함을 연구로, 연구로 쏟아 부어 마침내 결실을 맺는 거겠죠.

"일이 힘들진 않으세요?" 얼마 전 제 다큐멘터리를 찍는다고 종일 밥도 거르며 내 뒤를 쫓은 방송국 프로듀서가 묻습니다. "처음 가보는 길이라 아직은 설레고 즐겁습니다." 그랬더니 자기는 지쳤는데 제 대답에 에너지를 얻는답니다.

세상에 쉽게 되는 일은 없는 가 봅니다. 하지만 막혀도, 막혀도 조금씩 앞으로 나아간다면 그 길이만큼 다다름은 조금 더 짧아지겠죠?

ⓒ 장성하

강하면서도 부드러워

얼마 전 〈워킹일기〉에서 사진 초점을 제대로 못 맞췄다고 흉을 봤던 친구 장성하가 이번엔 제대로 한 건했습니다. 내 모습을 아주 자연스레 멋지게 찍었습니다.

인물 사진을 잘 표현하려면 사람에 대한 연구와 사랑이 근본 바탕에 있어야 한다고 합니다. 오랫동안 함께 해서였는지 내가 보고자 했던 표정을 잘 드러나게 해주었습니다.

이 친구도 찍는 내내 중얼거리듯 말합니다. "멋있다. 너는 강하면서도 부드러움이 보인다. 역시 모델이라 다르네."

칭찬 잘하기

매주 목요일 오후에는 우리 동네 행정복지센터(옛 동사무소) 〈탁구교실〉에 갑니다. 거기 오는 회원 대부분이 60초반이 넘습니다. 레슨코치도 70대 중반을 훌쩍 넘긴분입니다. 그렇다고 '똑딱 탁구'일 거라고 생각하면 실수하는 겁니다. 커트는 기본이고 포핸드, 백핸드에다 쇼트까지 구사합니다. 물론 아직 기술이 무르익진 않아서 실수가 많긴 합니다.

그분들 중에 비구니 스님도 계시는데 하루는 제 옆으로 오더니 넌지시 물어봅니다.

"선생님은 직장이 어디신데 평일 낮에 이렇게 오실 수 있으세요?"
"저, 은퇴해서 집에 있습니다."
(무진장 놀라며) "그래요? 아니, 연세가 어떻게 되시는데?"
"예, 예순 하나입니다."
"와~ 몸매도 그렇고 전 40대 중반으로 봤는데." 그리고는 옆에 앉은 여자 분에게 대뜸 전합니다.

"이 분이 60대래요. 믿어지세요?"

그때는 정말 내가 그렇게 젊어 보이나 하고 으쓱했습니다. 집에 돌아와 곰곰 생각하니 스님의 놀라운 칭찬법이라는 걸 깨달았습니다. 스님께서 내 나이를 왜 짐작 못했겠습니까. 그냥 젊어 보인다고 하면 밋밋할 수 있으니 슬쩍 그런 식으로 얘기를 이끈 겁니다. 역시 스님이십니다.

칭찬도 달리하면 감동은 두 배가 됩니다.

기회

골프 용어에 '멀리건mulligan'이라고 있습니다. 티업T-up에서 드라이버가 잘 맞지 않아 볼이 바로 앞에 처박히거나 엉뚱한 방향으로 날아갔을 때 벌타 없이 한 번 더 칠 수 있는 기회를 주는, 아마추어끼리의 일종의 관행입니다.

우리 삶에 이 관행을 한번 적용해 볼까요? 우리는 능력만큼 하기도, 능력보다 더 잘하기도, 때로는 능력만큼 못하기도, 더 못하기도 합니다. 어쩌다 잘 풀려 성공하기도 하고 너무 안 풀려 실패하기도 합니다. 나는 솔직히 실패가 두렵습니다. 그래서 선뜻 해보지 않은 일에 도전하기가 겁납니다.

이제 은퇴해서 성공에 대한 부담이 크게 없다 생각하니 이 '멀리건'을 믿고 나가보는 것도 괜찮을 거라는 생각을 합니다. 시니어모델도 그래서 선택한 또 다른 기회라고 믿습니다.

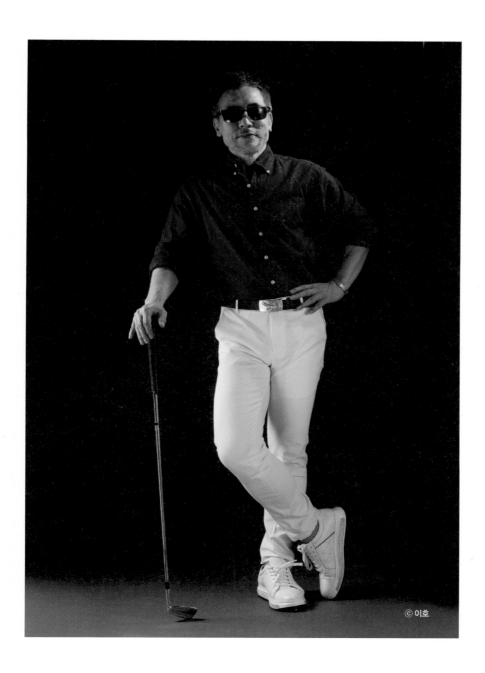

삶의 의미?

이런 생각이 들 때가 있습니다. '내 삶은 어떤 의미가 있는 걸까?' 너무 철학적이고 무거운가요? 내가 이 세상에 태어난 것이 '민족중흥의 역사적 사명'은 아니더라도 세상에 보낸 깊은 이유가 있는 것은 아닐까 하는 생각.

이런 물음에 미국 시인 체스와프 미워시가 시로 대답한 게 있습니다. 조금 허무하긴 합니다.

사랑이란 당신 자신을 바라보는 법을 배우는 것
멀리 있는 사물들을 바라보듯이
당신은 만물 가운데 하나일 뿐이니까.

나는 남들과 다른 특별한 존재라거나 거기에 걸맞은 특별한 의미가 있을 거라고 의미 부여를 하지만 그저 '만물 가운데 하나일 뿐'이라고 말하고 있습니다. 지천에 피는 꽃이나 나무, 새보다 더 중요하거나 덜 중요하지도 않다는 것을 깨달아야 한다고 말합니다. 시인은 이어 "그렇게 바라보는 이는 자기 마음을 치유"한다고 해답을 내놓습니다.

나라는 존재, 사람이라는 존재, 그저 '만물 가운데 하나'라는 것을 이해할 때 마음이 훨씬 평화롭지 않을까요?

ⓒ 장성하

아름다운 걸 아름답게 보지 못한 채

오늘 하루도 정신없다는 핑계로 소중한 것을 놓친 건 아닌지 돌아볼 때가 있습니다. 아름다운 걸 아름답게 바라보지 못하고 귀담아 들어야 할 소리를 제대로 듣지 못한 채 말입니다.

아름다운 꽃도 그냥 지나치지 말고 내 곁에서 나와 함께 계시는 분이 누구인가 생각하고 무엇보다 내가 나를 슬프게 하지 말고 살아야 하는데 말이죠.

삶을 늘 팽팽하게 가져갈 수는 없습니다. 그러고 싶지도 않습니다. 하지만 어쩌다 내 삶이 삐긋해서 절룩거릴 때 다른 사람 걸음은 목발이 됩니다. 그렇게 주위를 돌아보고, 배우고, 바르게 걷습니다. 팽팽치 않아도 너무 느슨치 않게 끔.

'집착' 버리기

어제는 정말 오랜만에 비가 왔습니다. 순간 시구가 떠올랐습니다. '비를 기다리는 마른 마음', 여기까지는 생각났는데 그 뒤를 잇질 못했습니다. 비가 오니 마음도 덩달아 촉촉해집니다.

마음은 상황 따라 움직입니다. 어떤 사물과 상황을 내가 당사자가 아닌 제3자의 눈으로 보면 아무것도 아닌 것이 내 것이거나 내 일이면 집착하게 됩니다. 달라이 라마도 "내가 집착하는 것, 그것이 삶의 중요한 목표요 이유이기도 하지만 고통의 원인도 거기에 있다. 자아가 집착하고 있는 것을 벗는 것, 무아가 되는 것, 그것이 해탈이고 제법무아諸法無我다."고 말했습니다.

어렵습니다. 집착을 벗기는 너무 어렵습니다. 어떤 상황에도 초연하기가 힘듭니다. 그러니까 스님들도 신부님도 평생 이 화두를 붙들고 수행하는 거겠죠.

비가 내리니, 시인이 됩니다.

속리산의 눈

오늘은 속리산에 다녀왔습니다. 유명하다는 '세조길'을 걸었고 법주사도 들렀습니다.

오늘의 큰 선물은 자연이었습니다. 내려갈 때는 쾌청한 하늘을 주었고 산에서는 멋진 풍경과 아주 맑은 물을 보여주었습니다.

놀라운 선물은 산행을 마치고 정이품송 앞 카페에서 받았습니다. 창가에 앉자마자 거짓말처럼 한겨울에도 그리 보기 어려웠던 눈이 펑펑 내리는 겁니다. 주위 풍광과 어우러져 말 그대로 설경 그림엽서 같았습니다.

자연 종합선물세트를 한 아름 받고 다시 쾌청한 하늘 보며 서울로 갑니다.

동백꽃 지다

오늘은 제주 〈4.3항쟁〉이 71주년을 맞는 날입니다. 한겨울 지고 피는 동백꽃처럼 희생자들은 차가운 땅속에 묻혔고 평화의 희망으로 다시 피고 있습니다.

그날의 아픔을 되새긴다는 것은 사람을 향한 존중을 다시금 깨닫는 것입니다. 아무렇게나 죽어갈, 그렇게 취급당할 인권은 결코 없습니다.

동백은 지지만, 다시 피어납니다.

ⓒ 장성하

중심을 튼튼하게 하는 일

갑자기 몸살이 찾아왔습니다. 엊그제 부터 살살 목이 아파서 '혹시 감기 아닌가?' 했는데 역시나 걸렸습니다. 약 안 먹고 버텨볼까 했는데 쉽게 낫지 않을 것 같아 겁이 덜컥 나서 약을 지어왔습니다. 조금씩 나이 들어가면 소심해지고 겁이 많아지는 걸까요?

겨울이 되면 나무들은 나름대로 겨울맞이를 합니다. 몸 가득하던 수액을 가지 끝 대신 뿌리로 내려 보냅니다. 중심을 튼튼하게 해야 겨울을 이겨낼 수 있기 때문입니다.

중심을 단단하게 채우는 일이 나무의 체질을 더 강하게 만드는 일입니다. 연륜이 하나 더 쌓이는 흔적인 나이테도 그때 만들어집니다. 나이 든다는 것은 뿌리를 단단히 하는 일입니다. 워킹도 다리가 튼튼해야 제대로 됩니다.

이래저래, 아프면 철학자가 됩니다.

순식간에 오는 봄

남자 : 난 결혼으로 이렇게 세계관이 달라질 줄 몰랐어.

친구 : 무슨 말이야?

남자 : 결혼 전엔 온 세상 여자가 다 좋았어.

친구 : 그런데 지금은?

남자 : 한 명 줄었어.

〈벚꽃엔딩〉이 심심치 않게 흘러나오면 사랑도 움트고 연인들은 결혼 생각에 설 렙니다. 봄이 주는 특혜입니다. 4월도 됐으니 봄이다 싶은데 아직도 제법 쌀쌀합니 다. 며칠 전 휩쓸고 간 산불이 가슴을 먹먹하게 만들었기 때문이기도 할 겁니다.

4월 첫 워킹을 했습니다. 새로 옮긴 런웨이의 첫걸음이기도 했습니다.

"푸르른 날은 푸르게 살고, 흐린 날은 힘껏 산다."

봄은 순식간에 올 겁니다.

마음도 정기검진

서울엔 아침에도 비가 솔솔 내렸습니다. 바람도 제법 불고요.

정기검진을 받았습니다. 피도 뽑고 초음파에다 스트레스지수, 골밀도를 재고 CT
도 찍었습니다. 2년마다 몸은 제대로인지를 검진해 보는데 마음검진은 어떨까요?
예전보다 깨끗해졌을까요? 상처로 아픈 데는 없을까요? 마음 씀씀이는 더 너그러
워졌을까요?

알 수 없습니다. 귀를 열어놓아야 노래를 부를 수 있고 눈을 뜨고 있어야 예쁜 것
들을 마음에 가져올 수 있다 했는데 나도 모르게 닫혀 있진 않을까요?

고추동무 수다

어제는 시인이자 작곡가요 가수인 백창우의 파주 헤이리 작업실 '개밥그릇'에 들렀습니다. 바로 옆에 아주 예쁜 북카페가 붙어 있어서 커피도 달게 먹었습니다.

고추동무 4명이 모여 술 한 잔 없이 8시간 넘게 수다를 떨었습니다. 믿기 어렵겠지만 남자 넷이 모여서 말이죠.

벽에는 우리 포크음악 역사를 새겨온 가수들의 앨범이 나란히 붙어 있었습니다. 그들의 음악은 어떻고, 또 요즘 노래는 어떻고, 대표작인 '내 하나의 사람은 가고' 가 알려지게 된 뒷얘기 등, 오랜 만에 목이 아프도록 소리도 질러가며 침을 튀겼습니다.

친구들과 보낸 하루는 뿌듯하고 흐뭇하고 정겹습니다. 눈치 볼 것 없는 거침없음이 좋고 작은 유머에도 껄껄 웃는 넉넉함이 좋습니다.

아~ 이렇게 나이 들어갑니다.

책

책 읽는 걸 좋아합니다. 책이 고팠던 때가 있었습니다. 초등학교 때 친구 안만진한테 빌려 본 〈소년중앙〉, 40여 년 전 일자리를 찾아간 곳 부산. 하숙집 밥으로는 늘 배가 고팠고 그 허기를 하숙집 거실 책장에 꽂힌 한국문학전집과 톨스토이, 카뮈 같은 외국 작가 소설을 닥치는 대로 읽으며 달랬습니다.

책 사는 게 사치인 형편에서 훔쳐보며 '밥' 처럼 만난 책, 그 뒤로 복수(?)하듯이 책을 꽤 많이 샀고 방 한 칸을 서재로 꾸몄습니다. 음악도 듣고 창밖도 보고 커피도 마시니 가히 남자들의 로망으로 불릴 만한 공간입니다. 마침 동네 가까운 데 도서관이 있어 책 사는 건 조금 뜸해 졌습니다.

나한테 붙은 또 다른 좋은 습관입니다. 책을 읽는다는 건.

ⓒ유효종

5월, 그리고 가족

결혼 전에는 음악밖에 몰랐죠. 이제는 삶의 최고 가치를 가정에 두고 있어요. 남들한테 '잘 한다'는 말을 들어도 스스로는 못하는 것만 생각한 비관적 성격이던 제가 바뀌었습니다. 나는 구름처럼 음울했는데 와이프는 햇빛이 쨍쨍 비치는 사람이죠. 결혼으로 나의 50%를 잃고 와이프의 50%를 얻었던 거죠.

지휘자이자 피아니스트인 정명훈씨가 한 말입니다.

5월이 왔고 봄도 함께 왔습니다. 어린이날, 어버이날, 부부의 날이 있으니 자연스레 가정의 달로 불릴 만합니다. 가족은 든든한 울타리입니다. 그래서 늘 내 편이라 믿습니다. 하지만 믿음만으론 단단해지지 않습니다. 표현하지 않은 사랑과 뜨지 않은 편지는 보이지 않는다 했습니다. 사랑으로 가꾸지 않으면 잡초로 우거질 수 있습니다.

일본 시인인 호시노 도미히로는 '바람은 나무에 불면 녹색바람이, 꽃에 불면 꽃바람이 된다.'고 했습니다.

가족은 나한테는 늘 포근한 바람입니다.

ⓒ 장성하

뒷밀이

내가 태어나고 초등학생 내내 살았던 곳은 저 유명한(?) 서울 이태원입니다.

당시 동네 아이들한테 인기 있었던 알바는 속칭 '뒷밀이'였습니다. 방과 뒤 2~3명 씩 짝을 지어 이태원 '찬바람재'를 내달려 콜트 장군 동상 앞을 건너 쌀 창고 앞에 쪼르르 앉습니다. 자전거에 쌀가마니를 얹은 아저씨가 나오면 달라붙어 뒤를 밀어줍니다. 고갯길이 많아 아저씨 혼자서는 쌀 배달이 힘들었던 거죠.

3명이라도 미는 방식은 서로 다릅니다. 평지이건 고갯길이건 내내 힘을 쓰며 정말 성실히 미는 놈이 있고 슬쩍슬쩍 손만 얹어 흉내만 내다 고갯길에서만 바짝 힘을 주는 '요령 좋은' 애도 있습니다. 저는 전자였던 것 같았는데 당시엔 요령 피우는 놈이 교활하다고 생각했습니다.

미는 방식에 정답이 어디 있겠습니까? 삶의 방식에도 정답은 없습니다. 지금은 '막연히 열심히' 보다는 '능률적으로 성실히' 일하는 쪽에 한 표를 던집니다. 다만 의지와 겸손은 필요합니다.

'만절필동萬折必東'. 공자가 한 말인데 '만 번을 굽이쳐 흘러도 반드시 동쪽으로 나아간다.' 는 뜻입니다. 의지를 강조한 거죠. '가득차면 뒤집힌다.' '만즉복滿則覆' 이 라는 말도 있습니다. 의기양양 거드름을 피우면 망하기 쉽습니다.

BORA

눈물의 통기타

어찌어찌 책도 보고 동영상도 보면서 기타를 배우고 친 지 5년이 넘었습니다. 그동안은 입문용이라 해서 합판으로 된 초보자용 기타를 쳤는데 너 정도 되면 통판 기타로 바꿀 때가 됐다는 주변의 권유에 못 이겨(?) 큰맘 먹고 장만한 겁니다.

이 거사 뒤에는 아내의 눈물어린 내조가 있습니다. "올해가 환갑인데 무슨 선물 해줄까요, 서방님~"하고 물어오기에 되든 안 되든 통 크게 "기타!" 하고 내질렀습니다. "좋아! 사줄게." "정말? 못줘도 6~70만 원 할 텐데?" 했더니 까짓것 괜찮다는 겁니다. 부랴부랴 낙원상가로 달려가서 우리나라에서 만든 가장 좋은 기타를 샀습니다.

이런 장면을 우리는 흔히 '눈물겹다'고 합니다. 어느 노래 가사대로 아내한텐 지금까지 옷 한 벌 못해 줬는데 받기만 한 내 맘이 아픕니다.

그 노래가사로 답합니다. "그대는 나만의 여인이여 아직도 못 다한 말 그댈 사랑해요."

더불어 살기

옛 동료 두 분이 서로 이웃하며 전원주택을 짓고 오늘 집들이를 했습니다.

경기도 청평과 가평 사이 상천上泉역 맞은편 호명산 자락 양지 바른 곳인데 산세와 풍경이 죽입니다. 전원주택 하면 빼놓을 수 없는 텃밭과 너른 잔디, 바비큐그릴, 통유리 달린 거실을 모두 갖췄습니다. 약 오르게 벽난로도 있고 별을 볼 수 있게 천장 한 편을 유리로 했습니다.

두 분은 몇 십 년 전부터 은퇴하면 시골에 같이 집 짓고 텃밭 가꾸며 살자고 했고, 결국 약속을 이뤘습니다. 그리고 함께 마음을 나누며 넉넉하게 나이 들어가고 있습니다.

"소나무가 무성하게 자라는 것을 보고 옆에 선 잣나무가 기뻐한다."는 옛말이 떠오릅니다. 쑥도 똑바로 자라는 삼과 함께 크다 보면 붙잡아 주지 않아도 곧게 자란다고 했으니 더불어 사는 게 얼마나 중요한지를 새삼 깨닫습니다.

다시 살린 불꽃

은퇴했다는 것을 가장 실감하는 때는 아침입니다.

분주하지 않고 긴장하지 않아 좋습니다. 바삐 걷는 사람들을 베란다에서 느긋이 내다보는 재미도 있습니다. 얄밉죠? 조금 더해볼까요? 한 손에 커피를 들고 오디오를 틉니다. 아침 공기는 산뜻하다 못해 살짝 비리기까지 합니다. 아~ 저기 저분은 버스를 쫓다 끝내 놓칩니다.

안심하십시오. 이런 재미는 며칠 뒤면 시들해집니다. 그냥 집에서 노는 은퇴자로 돌아오고 마니까요.

오늘은 오랜만에 클래식을 라디오가 아닌 CD로 들어봅니다. 피아니스트 클라라 하스킬이 연주하는 〈베토벤 피아노협주곡 3번〉입니다. 이 연주에는 눈물어린 사연이 있습니다. 이 연주가 끝난 지 3개월 뒤 비극적 생애를 마감했기 때문입니다.

클라라는 빼어난 미모를 갖춘 피아노 신동이었지만 18살 때 온몸이 굳어지는 불

치병을 얻고 2차 대전 때는 뇌졸중에다 뇌종양까지 생기는 불행을 안고 살았습니다.
그럼에도 50세가 넘은 때에 녹음 작업을 시작했고 그 음반은 하나같이 최고의 명반
이 됩니다.

늦은 나이에 다시 살린 불꽃은 이처럼 뜨겁습니다. 우리 시니어모델도 그런 셈
이죠.

오늘 아침에 듣는 클래식, '열정'과 섞여 더욱 남다릅니다. 커피도 함께.

© 정성하

10대에서 예순까지

한 직장에서 40년을 일하기는 쉽지 않습니다. 게다가 큰 잘못 없이 정년까지 마무리하기는 더더욱 어렵습니다.

내 친구 김홍제가 그렇습니다. 고등학교 마치고 바로 세무공무원으로 들어가서 2019년 말에 정년퇴직 했습니다. 경기도 성남시에서 중고등학교를 같이 다녔는데 그곳은 1971년 '광주 대단지 사건'이 일어날 만큼 살기가 너무나 퍽퍽한 동네였습니다.

우리는 등교 때마다 선생님 앞에서 등록금 못 가져온 데 대해 변명을 해야 했습니다. 대신, 너나 나나 다 같이 못사니 차별도 왕따도 없는 '웃픈' 행복은 누렸습니다.

그랬던 10대 끝자락에 시작해서, 이제 예순의 나이까지 제대로 뚜벅뚜벅 걸어온 친구, 대견하고 자랑스럽습니다. 엊그제 만나서는 서로가 격려한답시고 덕담을 나눴습니다.

"돈도 사람도 배경도 없는 우리가 이제 어엿한 자기 집 갖고 아내와 자식과 큰 탈 없이 사니 정말 크게 성공한 거 아니냐?"

나는 한마디를 더하며 생색냅니다.

"너, 내가 결혼식 사회 본 덕으로 잘 사는 줄 알아!"

ⓒ 장성하

부부

"여보세요 경찰이죠? 남편이 없어졌어요. 좀 찾아주십시오. 인상착의는 키가 작은데다 뚱뚱하고 약간 머리가 벗겨지려고 해요. 특히 술 담배를 좋아해요. 제발 남편을 찾아봐 주세요."

경찰이 묻습니다. "아니, 왜 찾으십니까?"

부부를 주제로 한 이런 유머는 꽤 많습니다. 아내는 아내대로 남편은 남편대로 얘깃거리 중에 슬쩍슬쩍 배우자 흉을 끼워 넣습니다. "부인이 꽤 미인이던데요." 라고 거들라치면 "어휴~ 예쁘긴, 개뿔~" 하면서, 요샛말로 '디스' 합니다.

사무치게 미워서, 예쁘지 않아서? 그렇지 않습니다. 괜히 겸손해야 할 것 같은 어쭙잖음과 '팔불출' 소리 듣기 민망한 자존심 탓이기도 할 겁니다.

대개 부부는 서로 삶의 동선이 배우자의 존재를 전제로 맞춰져 있습니다. 일어나고 밥 먹고 돈 벌고 쓰고 TV 보고 차 마시고 잠자리에 들고……

배우자가 곁을 떠나면? 함께해서 익숙해진 동선은 어긋나고 삶의 체계는 무너집니다. "당신 없으면 난 아무것도 못 해"라는 말은, 그래서 빈말이 아닙니다. 해를 거듭할수록 부부는 단순히 개인을 이해하고 사랑하는 것이 아닌, 인간에 대한 사랑과 인간에 대한 이해로 넓혀져 갑니다.

곧 부부의 날입니다. "여보, 사랑해~"

으~~ 닭살.

적게 먹되, 제대로

"어~ 얼굴 살이 왜 이렇게 빠졌어? 한 달 전보다 반쪽이 됐네."

요즘 나를 보는 사람마다 걱정을 섞어 하는 말입니다. 내 얼굴을 달고 사니 그런 줄 모르겠는데 만나는 분마다 이러는 걸 보면 빠지긴 빠진 모양입니다.

은근히 걱정이 앞섭니다. '나도 모르는 병이 있는 거 아냐?' 몸무게를 달아봐도 크게 바뀐 건 없습니다. 아마도 '제대로 먹질 않아서'일지 모릅니다. 운동을 하면 식이요법이 꽤 중요한데 그런 면에 게으릅니다. 아내가 잘 차려줘도 입이 짧고, 적게 먹고, 대충 먹으려고 합니다.

일본 스모 선수들은 체중이 대개 200킬로그램이 넘습니다. 몸무게를 불리려고 점심 한 끼에 쇠고기, 돼지고기, 생선, 조개, 야채 등을 함께 넣고 끓인 잡탕 '창코나베'라는 냄비요리를 보통 밥 3~4 공기에 5~6그릇을 해치운다고 합니다. 하지만 평균 수명은 56세입니다.

장수촌으로 알려진 오키나와 주민들의 평균 수명은 85세인데, 1일 평균 섭취 열량은 1천500킬로칼로리에 불과합니다. 적게 먹으면 세포 부담이 줄어들고 신진대사를 할 영양소도 적어져 유해 산소가 적게 만들어지기 때문에 천천히 늦게 된다는 거죠.

적게 먹는 건 좋은데, 그렇다고 대충 먹어선 안 됩니다.

아내도 곁에 붙어살다 보니 얼굴 살 빠진 걸 체감 못 합니다.

"사람들이 나보고 살 빠졌대."
"그래? 내가 너무 못 먹었나?"

언제부터 대한민국 남편 살은 아내가 책임졌는지…….

흐르는 물처럼

우리 동네 일산에는 호수공원이 있습니다. 둘레가 5킬로미터 정도로 느긋이 걸어 한 바퀴 빙 도는 데 두 시간 가까이 걸리는, 큰 인공 호수입니다. 잠실 수중보에서 물을 끌어 와서 다시 한강 하류로 흘려보냅니다.

풍수지리를 잘 모르는 우리도 '배산임수背山臨水'는 압니다. 산의 기운인 음陰과 물의 기운인 양陽이 어울려 만물을 잘 자라게 해준다는 건데, 그걸 보면 일산은 정발산과 호수공원의 기운이 더해진 살기 좋은 동네인듯 싶습니다.

흔히 물처럼 살라 합니다. 물은 막히면 돌아가고 낮은 곳에 머무릅니다. 둥근 그릇에는 둥글게, 네모난 그릇에는 네모나게 담깁니다. 부드러우면서 어느 것과도 이익을 두고 다투지 않습니다.

소설가 박경리 선생님은 "다시 젊어지고 싶지 않다. 모진 세월 가고 편안하다. 늙어서 이렇게 편안한 것을, 버리고 갈 것만 남아서 홀가분하다."고 했다죠?

나이 들수록 서로 돕고 고집은 되도록 삭여야 보기 좋습니다. 물을 닮아가야 합니다.

물처럼 살려는 사람들을 자꾸 '물'로 보지 않았으면 좋겠습니다.

ⓒ 장성하

당신의 밥상

"좀 새삼스럽긴 하지만, 퇴직하고 내내 생각해 봤던 건데 난 무슨 힘으로 36년, 그 오랫동안 직장에 다닐 수 있었던 걸까? 그건 바로 이 밥, 어머니하고 당신이 차려준 아침밥 때문이라고 봐.

내가 입이 짧잖아? 반찬 바꾸는 게 쉽겠어? 거기에다 국까지 끓이고 찌개를 데우고 정 안 되면 달걀을 부치고……그 귀찮은 걸 마다 않고 어머니는 자그마치 34년간 거르지 않고 해 오신 거 아냐?

어머니가 돌아가시곤 어떻게 했어? 그 다음 날부터 어머니 상차림 방식 그대로 당신이 이어 왔잖아. 새벽 눈 뜨기도 힘든 시각에 생선까지 구워가면서……. 난 솔직히 걱정했거든. 맞벌이하는 당신이 '이제 아침밥은 각자 알아서 먹읍시다.'라고 해버리면 어떡하지? 기우였던 거야.

당신 마음의 중심엔 이처럼 늘 내가 있었던 것 같아. 말 안 해도 느껴지지. 언제나 내 편에 서고 남 앞에선 나를 자랑하고……. 받은 만큼 주지 못하는 난 부끄럽고 미안하기만 한데. 내 인생 절반을 함께했고 살아갈 40년을 남겨놓은 지금, 이 말만큼은 꼭 용기내서 해야겠다. 고마워 당신, 그리고…… 많이 사랑해."

엊그제 연기 수업 때 아내가 옆에 있다고 생각하며 했던 독백대사입니다.

사람의 향기

《여인의 향기》라는 영화에서 맹인이고 알코올 중독자인 퇴역 장교 알 파치노는 죽기 전 멋진 생활을 누려보려고 아르바이트생 찰리와 함께 뉴욕에 갑니다. 그리고 고급 호텔에서 남자친구를 기다리던 여인과 즉석에서 탱고를 추죠. 그 여자의 향기는 알 파치노에게 행복한 기억으로 남고 살아야 될 이유가 되기도 합니다.

또 다른 영화 《향수》는 영혼을 사로잡을 완벽한 향수를 만들려는 잘못된 집착을 그립니다. 향수는 살인자도 천사로 보이게 하고 원수도 사랑하게 하는 힘을 지녔지만 시간이 지나면서 그 향은 사라져 버립니다.

사람은 자신만의 독특한 향기를 지닙니다. 단순한 냄새가 아니라 그 사람만이 풍기는 느낌입니다. 그 향기는 여인의 향기에서처럼 누군가에게 오래 기억에 남는 행복한 추억으로 남을 수도, 향수와 같이 이내 없어져 버릴 수도 있을 것입니다.

지금 강원도 고성은 '라벤더 축제'가 한창입니다. 온통 보라색으로 뒤덮인 그 향기 속에서 '나는 누군가에게 어떤 향기로 남게 될까?'를 잠시 생각했습니다.

쉰다고 조급해 마라

시니어모델인 우리들은 대체로 '베이비부머' 세대입니다. 한국전쟁 이후 1955년 부터 1963년까지 9년에 걸쳐 태어난 사람들입니다. 왜 1963년까지냐? 그때부터 산아제한 정책이 시작됐거든요. 712만 명쯤으로 전체 인구의 14.6퍼센트라고 합니다.

초등학교 다닐 무렵인 1960년대엔 한 학급에 100명이 넘는 '콩나물 교실'은 보통이었고 이도 모자라 오전·오후반으로 쪼개져 공부를 해야 했습니다. 그럼에도 대개가 가난해 30퍼센트 정도만이 대학을 갔고 경제 성장기에 산업화 중심에 섰다가 IMF위기 땐 구조 조정의 직격탄을 맞은 '일벌레' 세대입니다.

그렇게 줄곧 경쟁에 내몰려 왔습니다. 쉬는 것에 익숙하지 못합니다. 쉬면 뒤처질까봐 두렵고 그럴수록 마음은 점점 조급해집니다. 나도 그런 편입니다. 때로는 아무 일 안 하고 쉬는 게 필요하다고 하는데, 그게 생각만큼 잘 안 됩니다.

"우리가 느끼는 두려움은 대부분 머릿속에서 만들어 낸 창작품입니다. 그걸 깨닫지 못하는 것뿐이죠. 걸음마를 배우는 아기가 단번에 성공할 거라 믿나요? 평균 2천 번을 넘어져야 비로소 걷는 법을 배웁니다." 어느 책에서 읽은 구절입니다.

"쉽다고 조급해 마라." 우리 세대를 위로하는 권고입니다.

술

맥주가 인류 문명을 바꾸는 기폭제였다는 주장이 있습니다. 인류는 오랫동안 사냥을 위해 여러 곳을 돌아다니다가 왜 정착해서 모여 사는 농경 생활로 바꿨을까? 미국의 어느 고고학자는 그 이유를 '알코올 욕구'라고 설명합니다.

어쩌다 물웅덩이에 우연히 떨어져 발효가 된 (보리나 쌀 같은) 발아 곡물들을 주워서 먹었는데 맛이 좋았던 겁니다. 그러다가 즙을 내서 먹으면 좋겠다고 생각했고, 더 많이 즐기려면 한 곳에 정착해서 곡물을 키워야 한다는 생각을 하게 된 거죠.

나는 술을 잘 못합니다. 소주는 석 잔 정도가 한계고 그 단계를 넘으면 속이 울렁거리면서 제동을 겁니다. 안전장치(?)를 갖춘 데다 한 잔만 먹어도 얼굴이 붉어지니 '가성비'는 꽤 좋은 편입니다. 술 잘하는 분이 부러운 때가 많습니다. 권하는 술을 마다 않고 척척 받고 술자리도 유쾌하게 만들고, 그러다 보면 사람들과의 교류도 넓어지고……

술을 못하든 잘하든, 좋은 분들과 마시는 술은 덩달아 좋습니다. 수다도, 안주도, 분위기도 그렇게 맛있을 수가 없습니다. "주향酒香 백리, 화향花香 천리, 인향人香 만리"라고 하는 말이 딱 맞습니다. 그 자리에선 인터넷에서 떠도는 이런 시조도 그럴싸합니다.

동짓달 기나긴 밤을 한 허리 베어내어
막걸리 통 속에 서리서리 넣었다가
임 만난 밤이었거든 드럼으로 내리라.

ⓒ유효종

227

여름은 사랑입니다

7월, 두렵습니다. 무더위는 기승을 부릴 것이고 장마와 태풍은 또 얼마나 사람들 마음을 후빌까요? 공포는 겪어보면 더 무섭다고, 작년 가마솥 폭염을 생각하니 벌써부터 땀이 흐릅니다.

여름은 시원한 어딘가로 떠나지 않고는 배기어 낼 수 없게 만듭니다. 가족과 연인과 친구와 동료는 여행으로 더 가까워집니다. 은하수 양쪽 둑에 있는 견우성과 직녀성도 그래서 여름에 만납니다.

조선 중기 천재 여류 시인 이옥봉이 지은 〈칠월칠석〉입니다. 쿨하고 씩씩합니다.

만나고 또 만나고 수없이 만나는데 무슨 걱정이랴
뜬구름 같은 우리네 이별과는 견줄 것도 아니라네
하늘에서 아침저녁 만나는 것을
사람들은 일 년에 한 번이라 호들갑을 떠네.

또 하나, 〈몽혼夢魂〉. '꿈속의 넋'이라는 뜻인데 애틋합니다.

요사이 안부 여쭈노니 어찌 지내시는지요
사창紗窓에 달 떠오면 그리움에 사무칩니다
꿈속 넋이 자취를 남긴다면
문 앞 돌길이 반쯤은 모래가 되었을 겁니다.

여름은 사랑의 계절? 맞습니다.

훈장

인간은 누구나 인정받고 싶은 욕망이 있다. 다들 자신만의 훈장을 원하고 있다. 하지만 훈장이라는 것은 잘못 매달면 때때로 무거운 십자가처럼 자신을 괴롭히기도 한다.

일본 패션계를 제패한 여성 디자이너 오바 시키코의 이야기를 다룬 드라마《여자의 훈장》에 나오는 대사입니다.

박완서 소설《아저씨의 훈장》에 나오는 너우네 아저씨는 한국전쟁 중 장손 중시 사상에 얽매여 아들 대신 장조카를 데리고 월남합니다. 주위에서 대단한 사람이라며 한껏 치켜세웠지만 나중에 사회 가치가 바뀌면서는 오히려 비난을 받습니다. 한때 빛났다가 녹슨 훈장처럼.

모델은 주목을 받는 직업입니다. 런웨이에 서면 모든 관객은 그들만을 봅니다. 인정받고 싶고 잘해보려는 의욕이 넘치는 것은 인지상정입니다. 하지만 너무 지나쳐 자칫 동료들과 조화를 이루지 못할 경우가 생깁니다. 자기는 열심히 하는데 남들이 쫓아오지 못한다고 생각하기 쉽습니다. '훈장'은 결코 혼자만의 노력으로 받는 건 결코 아닐 텐데 말이죠.

엊그제 진짜 훈장을 받았습니다. 공무원으로 오랜 기간 열심히 일했다고 국가에서 〈녹조근정훈장〉을 준 겁니다. 자랑스럽고 뿌듯합니다. 훈장을 가만히 들여다보면서 나야말로 혼자 '열심히 하는 맛'에만 빠져 주위 사람을 놓친 건 아닌지 뒤돌아봤습니다.

일하기를 놀기처럼?

떡볶이 가게에도 디스크자키DJ가 있었다면 믿으시겠습니까? 1970년대 후반에는 그랬습니다. 다방은 말할 것도 없고 경양식, 분식점까지 DJ를 뒀고 이들이 틀어주는 'When I need You', '앵두', '사랑만은 않겠어요' 같은 팝과 '트로트 고고'가 거리마다 넘쳐흘렀습니다.

이른바 '개나 소나' DJ를 하는 세상이다 보니, 나한테까지도 기회가 왔습니다. 데뷔 무대는 그리 넓지는 않은, 음악다방을 겸한 경양식 카페. 턴테이블 2대와 믹서, 불법 음반인 '빽판'이 뒷벽에 가득한, 제법 그럴듯한 뮤직부스를 갖춘 곳이었습니다.

잔뜩 겉멋 부리고 폼 잡던 때이니 연예인이라도 된 양 우쭐대며 얼마나 좋았겠습니까? 즐거우니 힘든 줄 몰랐고 보수 대신 저녁때 공짜로 먹는 오므라이스에 행복했습니다. 어리기도 했지만 즐거운 일에 빠지니 고민도 적었습니다.

즐긴다는 건 스스로를 기운 나게 하는 놀라운 동력입니다. 즐기자고 만 했던 순수한 마음은 잘되려는 욕망과 사명감으로 서서히 불타오릅니다. 그리고는 갈등하죠. '그냥 즐기기만 할까? 아니야, 이왕 시작한 거 승부를 봐야지 않아?' 물론 어느 쪽이어야 한다는 정답은 없습니다. 선택은 각자의 몫이니까요.

'일하기를 놀기처럼' 하겠다는 생각, 끝까지 가져가기 쉽지 않네요. 그게 사람 마음인가 봅니다.

ⓒ 장성하

걱정 말아요 그대

닭백숙에 넣는 음나무(엄나무)는 초식동물이 좋아하는 먹이인 까닭에 가시를 내서 생명을 지킵니다. 초식동물이 먹기 어려울 만큼 줄기가 굵어지면 가시는 흔적도 없이 사라집니다. 낙타가 좋아하는 이란주엽나무도 입이 닿을 만한 자리에는 가시를 뻗습니다. 신기하게도 낙타 키 높이 위로는 가시가 없다고 합니다.

새들은 몸이 가벼워야 높이 날 수 있기 때문에 방광이 없고, 철새들이 V자 대열로 나는 것은 새끼에게 지형을 익혀주고 앞서 가는 새의 날개바람이나 배설물을 피하기 위해서랍니다. 이런데도 머리 나쁜 사람보고 '새대가리'라고 하면 새들한테 엄청나게 실례하는 겁니다.

식물도 동물도 생존하려는 본능적 지혜를 타고 났습니다. 그렇다면 사람은? 살아남으려는 본능이야 다른 생물과 마찬가지이겠지만 어떻게 살아야 행복한지를 아는 것은 본능이 아니라 학습인 듯싶습니다. 혼자 낑낑대느니 다른 사람의 힘도 빌리면서 더불어 사는 게 훨씬 유리하다는 걸 사람과 섞여 살며 차차 깨쳐 나가게 되니 말이죠.

내가 행복하려면 우리가 행복해야 한다는 당연한 진리를 놓치기 일쑤입니다. 이 세상은 혼자 사는 게 아니고 인연과 연분 속에서 더불어 삽니다. 힘든 일을 겪는 가족이나 친구에게 진정으로 "걱정 말아요 그대"라고 말을 건네는 것, 다함께 사는 생존 전략입니다.

ⓒ 장성하

'꼰대'는 말 못 해

올해부터는 만 나이로도 예순이니 정식으로 '60대 클럽'(?)에 들어온 셈입니다. 이 클럽에는 최고선임 격인 68~9세 된 분부터 중간선임인 65~6세 분들을 포함해 하늘같은 분들이 즐비하니 이분들 보기에도 나야말로 풋풋한 새내기에 지나지 않을 겁니다.

다 같은 60대여도 똑같은 60대가 아닙니다. 생각이 다르고 세대차도 날 겁니다. 한참 위인 어르신들은 모델이랍시고 쫄바지 입고 다니는 나를 보면 "옷 입는 꼬락서니 봐라." 하며 혀를 끌끌 찰 수도 있을 것이고 나 또한 못마땅해 '꼰대'라고 치부할지도 모릅니다.

1980년대엔 신세대였고 1990년대엔 낡은 정치를 욕했던 우리도 어느새 누군가의 부모가 됐고 가끔은 의도치 않게 '꼰대 같다'는 말도 듣습니다. 과거 올바르지 못한 관습을 무작정 고집한다면야 모르겠지만 우리 기준으로 '아니다' 싶은 점을 말하는 것까지 '구태의연한 꼰대질'이라고 단정하면 억울합니다.

서로 세대를 이해하라고는 하면서도 정작 나이 든 사람에게 더 고칠 걸 요구합니다. 아이돌 노래 좀 배우고 과거 잘 나갔던 자랑이랑 결혼 얘기는 꺼내지 말랍니다. 좋습니다! 까짓것, 애들이 듣기 싫다면 되도록 하지 않겠습니다. 그러려니 왠지 그들의 비위만 맞추라는 것 같아 조금은 서글프기도 하고 섭섭합니다.

아으~ 확 내질러야 하는데…….

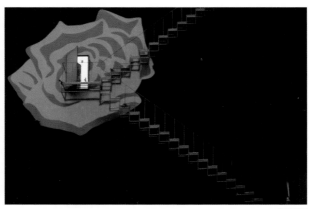

ⓒ 장성하

흔들리더라도

'수급불류월水急不流月'이란 옛 글이 있습니다. 제가 좋아하는 문구입니다. "물이 급하게 흘러도 달은 떠내려가지 않는다." 물줄기가 골짜기를 휘돌거나 쏜살같이 흘러내려갈 때도 거기에 비친 달그림자는 쓸려내려 가지 않고 그 자리에 떠 있다는 뜻입니다.

이 나이 먹기까지 여러 경험들을 했습니다. 여러분도 물론 마찬가지죠? 세상일에 부딪칠 때마다 흔들리지 않고 자신을 지킨다는 건 그리 만만한 일이 아닙니다. 흔들리면서 기쁨과 만나고 흔들리면서 슬픔도 마주합니다. 흔들리는 속에서 사람도 사랑도 조우합니다.

흔들린다고 자기 본질까지 놓칠 순 없습니다. 나를 지켜보는 주위 사람들을 전혀 의식하지 않을 수는 없지만 남이 정해놓은 틀에 군이 맞추려 애를 쓸 것까지는 없습니다. "이 나이에 내가⋯⋯." 하며 한 발짝 비켜나도 됩니다. 마찬가지 남도 내 기준에 맞추라고 고집해서도 안 되겠죠. 그게 삶의 '고수'라고 봅니다.

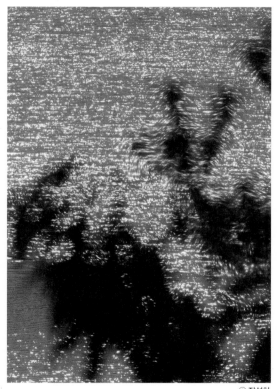

ⓒ 장성하

강남 친구

친구 따라 강남 간 적이 많습니다. 남 하자는 대로 줏대 없이 따라 했다는 게 아니라 친구가 가 있는 곳이면 모르는 곳이어도 무턱대고 갔습니다. 안만진이라는 친구인데 '노터치' 라고도 불렀습니다. 그 친구 결혼식 사회를 보면서 "안 만진다는 놈이 장가는 왜 가냐"고 아재 개그를 치기도 했습니다.

초등학교 때부터 걔네 집은 우리 집만큼이나 찢어지게 가난했습니다. 가난을 못이겨 결국엔 고등학교를 중퇴했었으니까요. 그러다 보니 일찍이 사회에 눈 떴고 이일 저일, 이 곳 저 곳을 거침없이 넘나들었습니다. 영화 촬영장 조명일도 했다가 부산에 가서 배도 탔고 대성리로 가서는 분식집도 했습니다. 그리곤 남양주에서 공무원으로 꽤 오래 정착했습니다.

그렇게 친구가 머물렀던 곳은 어김없이 찾아가 봤습니다. 부산행 완행 밤 열차를 타고 벌벌 떨며 꼬박 13시간을 내려간 기억도 납니다. 서로의 연애질에도 동참해서 내 첫 사랑 만날 때, 그 놈이 사랑에 힘들어 할 때 곁에서 서로서로 지켜봤습니다. 그 우정이 50년 가까이 이어져 옵니다.

친구 따라 간 강남이란 지명은 '중국'을 말한다죠? 그 만큼 멀다는 뜻일 겁니다. 물리적 거리건 정신적 거리건, 멀건 가깝건 거리낌 없었던 그 시절 패기, 나이 들수록 그립습니다.

ⓒ 장성하

큰 그릇, 작은 그릇

"너는 왜 그릇이 그 정도밖에 안 되니?" 흔히 듣기도, 많이 하는 얘기이기도 합니다. 배포가 작거나 마음 씀씀이가 대범하지 못하다는 뜻의 핀잔일 겁니다. 사람 마음의 크기를 그릇에 빗대 평가하다 보니 그 크기가 작다고 하면 왠지 사회 적응력과 자기 계발이 덜 돼 있는 듯 느껴져 마음이 움츠러들기 십상입니다.

의문이 생깁니다. 어느 크기를 기준으로 크다 작다 하는 걸까요? 그릇이 크면 칭찬받을 일이고 반대로 그릇이 작으면 핀잔거리가 되는 건가요? 대범해야 세상사는데 유리하고 그래야 성공하기 쉬운 건가요?

속이 좁디좁은 나 같은 사람은 '큰 그릇' 논리에 주눅이 들기도 때론 부아가 나기도 합니다. 자기 계발 강사에게서 지금은 "큰 그릇이 필요한 시대"라며 "당신의 삶은 그릇의 크기로 결정된다."는 얘기를 들으면 은근히 반발심이 생깁니다.

사람마다 서로 사는 방법과 아는 것, 가치가 다를 뿐 그릇의 크기로 '잘됐다, 못됐다' 평가하는 건 아닌 듯싶습니다. 각자 꿈꾸는 세상의 크기는 분명히 다릅니다.

그 다름은 인정돼야 합니다. 큰 꿈을 키워가고 매사 시원시원한 분들이 부럽고 존경스럽습니다만, 그렇다고 작은 꿈이나 소심한 것을 업신여겨서는 안 됩니다. 꿈은 작아도 그곳을 향한 여정이 치열한 건 마찬가지이기 때문이죠.

"그릇에 물을 채우려 할 때 지나치게 채우려 하면 곧 넘치고 말 것이다. 모든 불행은 스스로 만족함을 모르는 데서 비롯된다." 노자의 〈도덕경〉에 나오는 글입니다. 삶은 그릇의 크기가 아닌 절제와 양보하는 삶의 태도, 거기에 참된 행복이 있다고 봅니다.

ⓒ 장성하

1센티미터

〈워킹일기〉를 100회 넘게 쓰다 보니 글 소재가 달릴 때가 있습니다. 초조해서 이 책 저 책을 뒤져보거나 TV 프로그램에서 뭐 건질 것 없나 하며 리모컨을 연방 눌러 대 봅니다. 첫 문장이 떠오르지 않을 적이면 괜스레 안달이 나서 서성대기도 합니다. 이럴 땐 글 잘 쓰는 사람이 부럽습니다.

내가 가고자 하는 이 길이 맞는 길인지 의심하고 두려울 때가 있습니다. 생각대로 안 되거나 잘 풀리지 않으면 늘 제자리고 바닥인 것 같아 초조합니다. 어떤 일도 서슴없이 척척 해내는 분들이 부럽습니다.

《세계는 1센티미터씩 바뀐다》를 읽었습니다. 일본 지바 현 주민들이 '장애 인권 조례'를 만들기까지의 3년 가까운 과정을 담고 있습니다. 그들은 조바심 내지 않고 천천히 많은 사람들을 만나며 지역과 사회가 장애인과 비장애인이 차별 없이 사는 세상을 만들기 위해 1센티미터씩 나아갔습니다. 그리고 마침내 거기에 다다랐습니다.

글이 잘 안 써진다고 글 잘 쓰는 사람을, 속도가 좀 더디다고 잘 나가는 사람을 부러워만 했지 그들이 들인 노력과 시간을 헤아리진 않습니다. 늘 자기 자리가 바닥인 것 같아도 인생 전체의 그래프로 봤을 때 분명 1센티미터씩이라도 올라서고 있다는 것을 느끼지도 못합니다.

내가 겪는 이 초조함은 나보다 먼저 이 길을 지나간 그들도 분명 겪었을 일일 겁니다. 나처럼 조급해 했고 두려워했고 어려워했겠죠. 그리고 그들 나름의 방식으로 노력하며 견뎌냈을 겁니다.

꿈꾸는 세상은 1센티미터만큼씩 야금야금 다가옵니다. 결코 호락호락하지 않고, 복권처럼 단박에 터져주지도 않습니다. 마치 '밀당' 하듯 말이죠.(814만 5,060분의 1의 확률로 이미 로또에 당첨된 분들은 예외입니다만.)

무계획이 상팔자

초등학생 때, 방학에 들어가는 첫날이면 반드시 하는 일이 있습니다. '생활 계획표'를 그리는 겁니다. 방학 동안 달라지고 말겠다는 불타는 의지를 모아 도화지에 커다란 동그라미를 그립니다. 그리고 피자 나누듯이 시간대별로 촘촘히 선을 그어 쪼갭니다. 아침6시 기상, 6시 5분부터 10분까지 이 닦고 세수, 다음엔 운동, 아침식사, 오전 공부(복습), 점심, 오후 공부(예습)……살인적인 스케줄입니다. 그러나 딱 이틀 뒤, 일어나 보니 해가 중천에 떴습니다.

직장인이 돼서도 통과의례처럼 연말이면 이듬해 목표를 세웁니다. 새 다이어리 맨 앞 장에 큼지막하게 ①매일 아침 조깅하기 ②토익 800점 따기 ③악기 배우기를 적고는 '할 수 있다!' 다짐하고 또 다짐합니다. 역시 딱 이틀 하고는 조깅부터 포기합니다. '작심'이 '삼 일' 문턱에서 고꾸라지고 맙니다.

이젠 계획 없이 삽니다. 뭔가 계획을 세운다는 게 일단은 피곤합니다. 삶은 결코 계획대로 진행되지 않는다고 애써 위안합니다. 누군가의 말처럼 "인생의 중요한 변곡점은 거의 우연히 시작되는 것"인 만큼 "지금의 나도 치밀하고 원대한 계획의

산물이 아니라, 내가 내렸던 무수한 순간의 대응들이 차곡차곡 쌓여 만들어진 누적분"이라는 데 공감합니다.

다만 지키고 싶은 좁쌀만 한 스스로의 약속은 있습니다. '욕심 내지 말자', '서두르지 말자', '좋은 말만 하자', '나를 소중하게 생각하자'……애를 쓰며 지켜가고 있습니다.

영화 《기생충》에서 아버지 송강호 씨는 아들에게 중얼댑니다. "절대 실패하지 않는 계획이 뭔지 아니? 무계획이야. 왜냐? 계획을 하면 반드시 계획대로 안 되거든 인생이……. 그러니까 계획이 없어야 돼 사람은. 계획이 없으니까 뭔가 잘 못될 리도 없고, 애초부터 아무 계획이 없으니까 뭐가 터져도 아무 상관없는 거야."

반려식물

일요일 아침이면 아내는 분주합니다. 아파트 발코니에 가득한 화분에 일일이 물을 주어야 하기 때문입니다. 그놈들은 벌써부터 목마른 입을 벌리고 '어서 물 달라'고 난리입니다. 어머님이 생전에 애지중지했던 화초들이 그대로인데다, 부지런히 새 식구도 들여와 이제는 발 디딜 틈이 없을 정도로 늘었습니다.

햇빛을 잘 받아야 잘 큰다는 '익소라', 하얀 꽃이 너무 예뻐서 산 향기 좋은 '치자', 화려한 꽃 색을 자랑하는 '제라늄', 돈과 복이 들어온다는 '금천죽'과 '보석금전수'와 더불어 꽃이 피면 미인을 낳는다는 '난'까지 대부분 10여 년이 넘은 시니어들입니다.

반려동물처럼 이들도 이제 반려식물이 됐습니다. 물을 제대로 안 줘서 꽃잎이 떨어지거나 잎이 말라가기라도 하면 아내는 연방 탄식을 자아내고 안타까워합니다. "어쩌냐, 아고, 어쩌냐……." 우리 집에 온 지 25년이 넘어 가장 나이가 많은 동백과 고무나무는 이사치레나 큰 추위를 몇 번 겪고도 큰 병 없이 잘 자라줬으니 얼마나 기특한지 모릅니다.

휴일 아침, 식사를 끝낸 뒤 아내와 소파에 나란히 앉아 즐기는 다과는 느긋하고 행복합니다. 커피 잔 곁에 복숭아를 잘게 썰어 담은 접시를 살짝 튕기며 빛나던 아침 햇살이 물을 흠뻑 먹어 기분 좋은 잎사귀 하나하나에 맺힌 물방울 속에서 함박꽃마냥 터지고 맙니다. 그렇게 식물한테서 위로받고 사랑받습니다. 또 하나의 가족입니다.

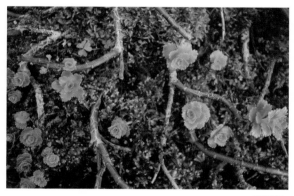

ⓒ 장성하

나이 들며 불리해지는 것들

　얼마 전 첫째 딸을 시집보낸 친구와 만나 식사를 하다 "딸 결혼식이 언제였나?" 하는 물음에 "5개월 전" 이라는 대답에 깜짝 놀랐습니다. 엊그제 같았는데 벌써 그렇게 지났나 하며 되짚어보니 초봄이 맞았습니다. 나이 들수록 시간이 빨리 흐른다고 느끼는데 그 이유 중 하나가 자신의 경험을 실제보다 최근 일로 기억하게 되는, 이른바 '망원경 효과' 때문이라고 합니다.

　가는 세월을 잡을 수는 없지만, 문제는 빨리 늙는다는 것이고 늙는 거야 어찌 하겠냐 싶으면서도 아프면 어떡하지 하는 걱정에는 마음이 아려오고 맙니다.

　나이 든 사람은 예전 활동을 더 이상 못하거나 배우자가 죽거나 신체 기능이 떨어지면 화가 늘고 만성질환을 일으킨다고 하니 왜 걱정되지 않겠습니까? 더구나 치매 얘기가 나오면 나는 아니라고 장담하기 어렵습니다. 치매 걸릴 확률이 65~69세는 3퍼센트, 80~84세는 25퍼센트 정도라고 하니 나이 들수록 불리합니다.

이를 줄이려면 무엇을 어떻게 해야 할까? 의사들의 권고는 그렇게 거창하지 않습니다. 식습관이나 운동도 중요하지만 커피 한 잔을 들고 동료와 마음을 나누고 그냥 멍하니 자기 목소리를 들어보는 일, 취미 클럽에 참가하거나 단체 여행을 가고 친구들과 수다 떠는 정도면 된답니다. 시니어모델로 충분히 즐겁다면 이보다 좋은 치료법은 없을 듯합니다.

"참~안 늙으려고 애 쓴다." 하는 비아냥거림도 있을지 모르지만, 늙지 않으려고 기를 쓰는 게 아니고 늙되 크게 아프지 않고 사람다운 존엄을 지키며 살고 싶어 애를 쓰는 겁니다. 나이 들수록 불리한 건 외로움만으로 충분합니다. 더 큰 고통은 없으면 좋겠습니다.

©정성하

마음의 저울

인디언은 9월을 '검정나비의 달', '사슴이 땅을 파는 달', 또는 '풀이 마르는 달', '작은 밤나무의 달', '옥수수를 거둬들이는 달'이라고 한답니다. 세상에 있는 그대로를 받아들이며 자연이 흐르는 대로 사는 인디언의 슬기로운 생활 방식을 잘 보여 줍니다.

한가위가 지났으니 벼 이삭이 조금씩 익어갈 것이고 한 달 정도 지나면 타작을 하게 되겠죠. 벼농사 일 중에 '물 걸러대기'라는 게 있습니다. 논에 언제나 물이 차 있으면 좋을 것 같지만 벼 이삭 나오고 한 달 무렵이면 물을 빼줘야 합니다. 그래야 논바닥이 마르면서 벼가 쓰러지는 걸 막을 수 있다고 하네요.

채우면 비워야 하는 것이 우리 삶과 닮았습니다. 지나친 욕심으로 채우려고만 하지는 않는지 자기 마음속 저울로 가끔씩은 재볼 필요가 있습니다. 열정이 무거워져 욕심을 가리키는지, 사랑이 무거워져 집착을 가리키는지, 자신감이 무거워져 자만을 가리키는지.

여유가 지나쳐 게으르진 않는지, 자기 위안이 지나쳐 변명을, 슬픔이 지나쳐 우울을, 주관이 지나쳐 독선을 가리키는지. 자기도 모르게 차 올라온 욕심과 태만을 걸러내라는 건데, 역시나 쉽지 않은 일입니다.

일도 잘 풀리고 건강하고 돈도 잘 벌고 자식들도 잘 되고……이러면 좋겠지만, 욕심일 겁니다. 너무 많은 것을 바라니까 자꾸만 기대하게 되고 그만큼 실망도 합니다. 있는 그대로 보면서 사랑하고 아끼고 고마워할 줄 아는 마음, 그게 사랑이 아닌가 생각합니다.

그것만이 내 세상

정말 오랜만에 들국화 노래를 듣습니다.

세상을 너무나 모른다고 나보고 그대는 얘기하지 조금은 걱정된 눈빛으로
조금은 미안한 웃음으로 그래 아마 난 세상을 모르나봐
혼자 이렇게 먼 길을 떠났나봐 하지만 후회 없지 울며 웃던 모든 꿈
그것만이 내 세상 하지만 후회 없어 찾아 헤맨 모든 꿈 그것만이 내 세상

대한민국 대중음악 역사에 길이 남을 들국화의 데뷔 앨범(1985년)에 저 유명한
〈행진〉과 함께 수록된 〈그것만이 내 세상〉. 한국 100대 명반 중 1위에 꼽히는 이 앨
범의 최고 히트곡이기도 합니다.

노랫말에서처럼, 누가 뭐라 해도 난 내 세상을 삽니다. 누군가 정해준 것이 아니
라 내가 만들어 가고 내가 겪고 그 안에서 행복을 찾고 슬픈 고비도 넘습니다. 그
렇게 얻은 교훈과 지식은 오롯이 내 것입니다. 더 없이 귀하고 소중합니다.

그렇게 소중한 내 삶을 두고 남이 이래라 저래라 할 수도 없거니와 다른 이들의 삶과 비교할 필요도 없습니다. 행복의 실마리는 다른 사람이 아닌 내가 지니고 있기 때문입니다. 울며 웃던 모든 꿈, 그것만이 내 세상입니다.

ⓒ정성하

가장 강한 사람

"세상에서 가장 강한 사람은 도와주는 사람이 많은 사람입니다."

지난 4월, 강원도 고성과 속초에서 크나 큰 산불이 났을 때였습니다. 400여 채의 집과 시설들을 잿더미로 만든 엄청난 화마 속에서 우리는 사람을 지키려는 의인들의 뜨거운 마음을 볼 수 있었습니다.

몸을 사리지 않고 불길로 뛰어든 소방관과 군인은 물론, 불 끄는 데 조그만 힘이라도 보태려고 근처에서 연신 물을 길어 날라 뿌린 이웃들, 오토바이로 노약자들을 태워 대피시킨 배달부까지, 이름 모를 시민들의 눈물겨운 '인간다움'은 한 편의 휴먼 드라마였습니다.

영화 《봉오동 전투》에서 보듯, 정말 큰일이 터졌을 때 가장 먼저 나선 사람은 힘도 돈도 지니지 않은 민초였습니다. "독립군 수는 셀 수가 없어, 왠지 알아? 어제 농사짓던 인물이 내일 독립군이 될 수 있다 이 말이야."

'득도다조得道多助', 맹자가 한 말입니다. "남을 도와서 사람의 마음을 얻으면 많은 사람들이 도와주고 지지해 준다."는 뜻이랍니다. 잘되기를 바라는 사람이 많고 그 사람이 쓰러지지 말라고 응원해 주는 사람이 많으면 그 사람은 절대로 쓰러지지 않을 것입니다.

그런 점에서 가족은 늘 든든한 '빽'입니다. 무조건 내 편입니다. 겉으론 무심해 보여도 결정적인 땐 나를 응원하는 '한 방'을 보여줍니다. 가족을 믿는 사람이 가장 강한 사람입니다.

성격이 안 맞는다고?

"人願인원은 如此如此여차여차요 天理천리는 未然未然미연미연이니라."
사람들은 이러쿵저러쿵 소원을 말하지만, 하늘은 '아직은 아니다 아직은 아니다' 한다.
– 명심보감, 〈천명〉 편

모든 일에는 다 때가 있는 법이니 서두르지 말고 진득하게 기다릴 줄 알아야 한다는 뜻입니다.

나는 성격이 급합니다. 할 일이 있으면 서둘러 끝내려고 합니다. 그러지 않으면 신경이 쓰여 다음 일에 집중하기 어렵습니다. 서두르다 보니 실수도 저지릅니다. 워킹도 자꾸 급히 걸으려 합니다. 그래서 어떤 땐 내 성격이 싫습니다.

최근 한 온라인 사이트가 여러 상황이 그려진 그림 한 장으로 성격을 알아보는 시험을 소개한 적이 있습니다. ①가스레인지 위에 뜨겁게 달아오른 주전자 ②벨이 울리는 전화기 ③울고 있는 갓난아기 ④소파를 물어뜯는 강아지 그림을 보고 단 3초 안에 직관적으로 가장 시급하다고 판단되는 경우를 고르면 됩니다.

①번을 골랐으면 '급한 성격'으로 열정적인 도전을 즐기고 ②번은 '외교적'이라 사업가가 많고 ③번은 침착해서 남을 잘 도우며 ④번은 잘 정돈하는 성향으로 원하는 걸 이뤄야 직성이 풀리는 사람이라고 합니다.

여러분은 몇 번을 고르셨습니까? 어느 성격이 낫다, 그르다 할 수는 없습니다. 나와 다른 말과 행동을 하는 사람은 '성격'에 안 맞는 게 아니라 나랑 다른 '관점'을 지녔다고 보는 것이 맞습니다. 자기 성격은 자기가 사랑합시다. 그래야 건강 수명도 길어집니다.

ⓒ 장성하

열정 다스리기

자신이 좋아하는 일을 찾으세요. 성공할 수 있는 유일한 방법은 자신이 사랑하는 일을 하는 겁니다.

스티브 잡스가 한 말입니다. 그리고 우리 시니어들도 자주 듣는 말이 있습니다.

"열정을 가져라. 열정을 따라가면 꿈이 보인다."

재밌는 것은, 금지옥엽처럼 섬기는 이 말이 틀렸다는 반박도 있습니다. 미국 스탠퍼드 대학의 그레고리 월튼 교수는 '열정을 따르라'는 조언은 '실패의 어머니'라고 주장합니다. 그는 이 말이 성공에 이르는 쉬운 길이 있다고 생각하게 하고 열정 하나로 다 되는 것처럼 착각하게 만들기 때문에 오히려 작은 어려움이 닥치면 쉽게 포기하게 된다는 것입니다.

열정을 가지면 성공이 따라오는 게 아니라 실력을 쌓아야 열정이 따라 오는 것이며 시간과 노력을 쏟으면 결국은 잘하는 것이 된다고 말합니다. 자기가 잘하는 것을 그만두지 않는 이유가 그것이야말로 진짜 재미난 일이기 때문이라는 겁니다.

　열정에 대한 또 다른 충고도 있습니다. "열정을 품는 것은 좋으나 중요한 건 내가 그 일을 잘해야 하는 것이 아니고 그 일이 잘되어야 하는 것이다. 열심히 하는 맛에만 빠져들거나 누군가에게 피해를 준다면 목표대로 잘될 수 없다."

　열정만으로 이루기엔 세상사 그리 만만하지 않습니다. 열정을 잘 다스려야 다른 사람과 조화롭게 섞이면서 내 열정을 전이시킬 수 있을 것입니다. 세상살이는 결국, 사람과 더불어 가는 겁니다.

가을 앓기

가을이 점점 깊어지니 마음도 헛헛해집니다. 어느 작가는 이렇게 말했습니다. "나이가 들어 노인이 돼가는 것은 축복이다. 청춘한테서 해방되었기 때문이다." 정말 그런 걸까? 그렇기도 하고 받아들이기 싫기도 합니다.

젊었을 때에는 의식해야 하는 게 많았습니다. 이성을 의식해 꾸며야 했고 행동해야 했고 대상을 찾아야 했고 선택받는 데 신경 써야 했습니다. 그런 점에서 나이 들면 어느 정도 자유로울 수 있다 싶습니다. 집착도 조금은 줄었습니다.

나이 들었어도 모델이라는 특성 때문에 외모 굴레에서 아직은 벗어나지 못했습니다. 그래도 악착같은 집착은 조금은 엷어졌으니 청춘 해방의 축복은 있지 않을까요? 어찌됐든 달라지지 않은 것은 계절의 감수성입니다. 대중가요 가사가 다 자기 얘기처럼 들리는 지금, '10월의 마지막 밤'이 또 다가옵니다.

ⓒ 장성하

하기 싫은 일

나는 운전을 못합니다. 하긴 하는 데 잘 못한다는 얘깁니다. 운전도 기능이라 자꾸 하다보면 늘긴 늘 텐데 그렇게 해보려는 의지가 썩 없습니다. 무엇보다 운전하는 게 싫고 귀찮습니다. 차를 몰고 가는 내내 신경 쓰는 게 부담됩니다. 지하철로 가면 책도 읽고 자기도 하고 딴 생각도 하는데 운전은 그렇지 못합니다.

아무리 멀어도 웬만하면 차를 가져가지 않습니다. 지하철이 최곱니다. 1년에 운전하는 날은 많아야 2~3일 정도 밖에 안 됩니다. 주로 처가에 갈 때입니다. 빨라도 6시간 정도 걸리므로 아내와 교대해 줘야 하기 때문입니다. 그렇게 띄엄띄엄하니 운전 실력이 늘 턱이 없습니다.

문제는, 어쩌다 운전한 날엔 꼭 사고를 친다는 겁니다. 교통사고가 아니라 차를 어딘가에 들이 박습니다. 주행은 잘해 놓고 주차할 때 아차 실수로 그런 일을 벌입니다. 엊그제도 목적지가 안성 산골짜기라 차를 가져갔다가 집에 다 와서 지하 주차장에서 사고를 쳤습니다. 'R' 기어인 줄 알고 엑셀을 밟았다가 앞 기둥을 들이받아 차 앞 쪽이 많이 쭈그러졌습니다.

아내에게 얘기했더니 참 딱하다는 표정으로 쳐다봅니다. 모델이라고 멀쩡하게 생겨가지고 겉은 번듯한데 영 맹탕이고 허당이라고 혀를 찹니다.

하기 싫은 건 잘 배워지지 않습니다. 《하기 싫은 일을 하는 힘》이라는 책을 보면 제자리걸음만 하고 있는 이유는 의지력이 약해서가 아니라 긍정보다 부정성에 더 크게 반응하고 귀찮은 것을 싫어하는 뇌 작용 때문이라고 말합니다. 그걸 이기려면 싫은 마음을 억압하고 억지로 '노오오~력' 하기 보다는 그 마음을 받아들이고 보듬어야 한답니다.

운전 잘 하는 남자가 섹시해 보인다는 데 나는 이 생애에선 글렀습니다.

겨울 길목

추운 게 싫습니다. 온 몸이 움츠러듭니다. 옷을 껴입어야 하니 귀찮고 불편합니다. 칼바람에는 더 꼼짝 못합니다. 어딜 나간다는 게 겁납니다. 가을이 짧은 걸 걱정하고 겨울을 두려워하는 사이 첫눈이 내린다는 '소설小雪'이 다가옵니다. 겨울 길목으로 들어섰다는 뜻입니다.

겨울은 나이 든 사람에겐 조심해야 할 게 많은 계절입니다. 흔히 나이 들면 앉고 서고 눕고 일어나는 모든 것을 조심스럽게 해야 한다고 말합니다. 삶에도 건강에도 다 적용되는 말일 겁니다. 정신없이 몸을 함부로 굴리고 살면 삶이 헛되고, 몸을 가누지 못하고 잘못 디디면 다치니까 말이죠.

그렇습니다. 추위든 시련이든 이겨내야 하는 것은 오롯이 자기 몫입니다. 그렇지만 참 좋은 이웃들이 있어 견디기가 한결 쉬울 수가 있습니다. 어떤 때는 흔들리는 나뭇잎 같고 듬직한 뿌리 같기도 한 것이 우리들의 의지입니다. 견디기 힘들면 옆 사람 옷소매를 붙들고 남이 힘들면 그 어깨를 잡아주면서 더불어 나아갑니다.

추운 게 정말정말 싫은 데 어쩌겠습니까. 또 겨울은 올 것이고 어떻게든 헤치고
나가게 되겠죠. 미리 걱정하지 않고 닥치면 해결해 보렵니다. 세상에는 많은 사람
들이 같은 어려움을 지고 우리랑 동반하며 묵묵히 걷고 있으니 말이죠.

ⓒ 장성하

수염

영화 《맨 오브 스틸》에서 슈퍼맨 역을 맡은 헨리 카빌. 깔끔한 얼굴에 선이 진한 전형적인 미남 배우로 매일 아침 똑같은 시간에 일어나 면도를 할 것 같은 이 배우가 《미션 임파서블: 폴아웃》에서는 콧수염을 달고 격렬한 액션 신을 선보입니다.

드라마 《미생》에서 능청스러운 연기로 호평을 받은 배우 변요한 씨는 《미스터 선샤인》에서는 구레나룻까지 이어진 수염을 달고 나왔습니다. 그는 "수염을 기른 채로 칼을 휘두르면 마음가짐이 달라진다."며 "수염으로 감성을 표현하고 싶었다."고 말했습니다.

수염은 옛날에 그 모양이나 길이 등으로 지위나 권력을 나타냈습니다. 콜맨 수염, 카이제르 수염, 채플린 수염 등이 그것입니다. 지금은 옷이나 머리 모양과 똑같이 패션의 한 종류로 봐서 개성을 표현하는 커다란 요소로 활용되고 있습니다.

은퇴하고 나서부터 수염을 길렀습니다. 공무원처럼 생긴(?) 평범한 얼굴에 개성을 담고 싶었을까요? 면도하기가 귀찮아서였을까요? 둘 다입니다. 다행히 수염이 보기 싫게 나지는 않고 다른 분들도 꽤 괜찮다고 해서 쭉 기르기로 마음먹었습니다. 현재까지는 그 결심이 성공작입니다.

  수염을 기르니 확실히 이전과는 다른 캐릭터가 나타나는 듯합니다. 인상도 달라진 것 같고요. 수염을 기르면 심경에 변화가 왔다는 조짐이라고도 하는 데 오해 마십시오. 거기까지는 아닙니다.

© 장성하

지음知音

광화문 직장 근처에 '지음知音'이라는 카페가 있었습니다. 탁자 5개 정도가 놓인 아주 작은 곳이었는데 뮤직부스와 수 백 장의 LP음반을 갖춘 우리 나이 대 사람들이 좋아하는 추억을 파는 곳이어서 기억에 남습니다.

가게 이름이 '지음'이라 처음엔 글자 그대로 '아~음악을 좋아한다는 뜻이구나. 이름 참 잘 지었네.' 정도로만 생각을 했습니다. 나중에 의미를 찬찬히 찾아보니 '소리를 알아듣는다는 뜻으로 자기 속마음을 알아주는 친구를 이르는 말'이랍니다.

중국 춘추시대 거문고의 명수 백아伯牙와 그의 친구 종자기鍾子期의 고사故事에서 비롯된 말입니다. 백아가 산에 올라 거문고를 타면 종자기는 옆에서 "참 근사하다. 하늘을 찌를 듯한 산이 눈앞에 나타나는 구나."라고 말하고, 흐르는 강물을 생각하며 거문고를 타면 "기가 막히다. 유유히 흐르는 강물이 눈앞을 지나는 것 같구나." 하고 감탄했다고 합니다.

이른바 '쿵짝'이 맞는 거죠, 요즘 말로 '리액션'이 좋은 겁니다. 꼭 친구가 아니더라도 내가 하는 말에 관심을 갖고 잘 들어주기만 해도 맺힌 응어리가 풀어집니다. 그러려면 나도 그 사람을 알고 그 사람도 나를 알아야 합니다. 인간에 대한 이해이고 그것이 '지知'입니다.

시니어모델 시장이 조금씩 커지다 보니 '돈벌이'만을 노리는 시장도 같이 늘어나는 듯합니다. 사람에 대한 이해 없이 오직 '팔기 위해서' 상품가치만 보고 덤비는 모습을 볼 때면 아주 쓸쓸합니다. 그런 사람과 사회는 '무지無知'하고 나아가 '무지막지無知莫知'한 겁니다.

늙음은 젊음을 품는 것

"어쩌면 그렇게 고우세요?"
"어머, 어쩜 넌 그대로니?"

여성분들이 자주 하기도 듣기도 하는 말입니다. 모델 분들은 더욱 그럴 겁니다. 꾸며진 감탄사인 줄 알면서도 들으면 으쓱 기분이 좋을 듯합니다. 나도 '멋지다'는 말을 들으면 속으로 우쭐대며 웃으니까요.

우리끼리 얘기지만, 대개 나이만큼 늙어가고 그만큼 나이 들어 보입니다. 인정할 건 인정합시다. 자연스런 거니까요. 산다는 건 늙어 가는 것입니다. 젊음과 늙음이 어느 한 순간 선을 넘으면 결정되는 게 아니잖습니까?

늙는다는 게 왠지 추하고 약하고 초라해 보인다는 생각 때문에 '늙었다'는 말에 섭섭해 합니다. 늙는 게 지금까지와는 다른 별개의 삶이 아닌데 기를 쓰고 늙는 걸 부정합니다. 누군가 늙음을 잘 설명했습니다. "늙는 것은 젊음을 잃는 것이 아니라 품는 것이다. 죽음도 삶의 결손이 아니라 그 모든 지나간 삶을 품는 것이다"

스코틀랜드 어느 양로원 할머니가 남긴 시, 공감하실지 모르겠습니다.

당신들 눈에는 누가 보이나요?

(……)성질머리도 괴팍하고 눈초리마저도 흐리멍덩한 할망구일 테지요
(……)하지만 아세요?
제 늙어버린 몸뚱이 안에 아직도 16세 처녀가 살고 있음을……
그리고 이따금 씩은 쪼그라든 제 심장이 쿵쿵대기도 한다는 것을…….

ⓒ 장성하

너무 어렵게 살지 맙시다

컴퓨터 모니터가 안 켜졌습니다. 어제까지만 해도 멀쩡하던 모니터 불이 갑자기 안 들어오는 겁니다. 귀신이 곡할 노릇입니다. '건드리지도 않았는데……' 어제 밤에 컴퓨터를 썼던 둘째 애를 의심합니다. 물어 봤더니, "어? 난 이상 없었는데……."

이리저리 해 볼 것은 다 해봅니다. 그래도 반응이 없습니다. 얼른 휴대전화 검색 창으로 '모니터가 안 켜질 때'를 찾아봅니다. '메인보드, 그래픽카드가 문제일 가능성이 높습니다.' '본체 고장입니다.' '메인보드를 들어냈다가 다시 조립하세요.' 해결책이 너무 머리 아픕니다. 할 수 없이 수리 요청을 합니다.

기사 분이 예정시간 보다 3시간 정도 늦게 왔습니다. 먼저 모니터 전원 버튼을 눌러봅니다. 그리고는 연결선을 쭉 따라가 보다가 바닥 쪽 잘 안 보이는 곳에 놓인 어댑터의 선이 빠져 있는 것을 봅니다. 아~

30초 만에 해결됐습니다. 바닥 청소하다가 나도 모르게 건드린 모양입니다. 모니터 고장이라고 지레짐작하고는 거기까지는 살펴보지도 않은 겁니다. 큰 고장이라고 생각했던 것이 고작 플러그 빠진 것 때문이라니……. 불길한 예감은 비켜가지 않는다더니 제가 꼭 그 짝이 났습니다.

혜민 스님 말씀이 생각납니다. 주제는 '인생, 너무 어렵게 살지 맙시다.' 스님이 삼십대가 된 어느 날 어떻게 살아야 행복해지는가를 알게 됐답니다. 첫째, 세상 사람들은 나한테 그리 관심 없다. 둘째, 세상 모든 사람이 나를 좋아해줄 필요가 없다. 셋째, 남을 위한다는 것은 사실 나를 위해 사는 것이다. 그러니 다른 사람에게 피해 주는 일 아니라면 제발 남 눈치 그만 보고 정말로 하고 싶은 것 하고 사세요.

ⓒ정성하

275

반전

나는 스스로 '반전 인생'을 시작했다고 말합니다. 각 잡힌 공무원에서 자유분방한(?) 패션모델로 나섰으니 말이죠. 왜 그랬는지를 좀 그럴싸하게 이렇게 얘기합니다. "36년간 나라를 위해 일했으니, 이젠 나를 위해 일해 보렵니다."

음악평론가 강헌 씨는 재즈와 로큰롤을 반전 음악이라고 말합니다. 노예의 후손인 하층계급과 한 번도 독자적인 자신의 문화를 갖지 못했던 10대들이 인류 역사상 처음으로 문화 권력을 장악한 혁명이라는 거죠.

우리나라에서는 이와 비슷한 '통기타 혁명'이 당시 주류였던 트로트를 제치고 음악시장을 점령합니다. 이 시대 20대였던 나한테는 그 노래들이 습자지처럼 빨려 들어 왔습니다.

클래식에서는 베토벤이 그랬습니다. 서양음악사 처음으로 귀족의 주문이 아닌, 자신의 뜻대로 작품을 썼습니다. 귀족 몇 사람들 앞에서만 연주했던 관행을 깨고 공개연주회 시대를 열었고 자신의 악보를 출판해서 돈도 벌었습니다.

'힙합'도 오랜 시간 동안 사회에서 억압받고 가난했던 흑인들이 그 감정과 생각을 표현하며 1980년대 이후 만들어 낸 문화현상입니다. 하지만 나는 힙합에 관심이 1도 없습니다. 랩은 듣는 것만으로 숨이 찹니다.

얼마 전 요즘 '핫' 하다는 국내 힙합가수 제네 더 질라를 만났습니다. 그 가수의 뮤직비디오를 함께 촬영하게 된 겁니다. 신곡을 들었는데 은근히 중독성이 있습니다. 들어보지도 않고 '나 무조건 이 음악 싫어' 하는 건 아니지 않나 싶습니다. 반전과 혁신은 반발을 무릅쓰고 하는 것이니 말입니다.

첫눈 단상

올 가을 지나 첫눈을 어제 경기도 가평 언저리에서 만났습니다. 싸락눈이긴 했지만 길을 덮을 정도로 제법 내렸습니다. 마침 좋은 분들과 별장에서 맛있는 저녁으로 밤을 같이 보내고, 이튿날 아침 근처 카페에서 막 구어 낸 빵을 찢으며 행복했던 뒤라 눈을 맞는 설렘이 컸습니다.

지금보다 어릴 적 눈을 기다렸던 때가 있었습니다. 성탄절 전날이나 사랑하는 사람과 만나기로 한 날 또는 난로 위에서 물이 끓는 카페에서 사람을 기다리는 오후……. 나이가 들더니 개뿔~ 눈이 오면 다니기 귀찮습니다. 미끄러져 넘어질 걸 먼저 염려합니다.

그럼에도 첫눈은 아직도 남다릅니다. 시인들도 그런 가 봅니다. 김용택은 "잊어버렸던 이름 하나가 시린 허공을 건너와 메마른 내 손등을 적신다"고 했고 정호승은 "첫눈이 가장 먼저 내리는 곳은(……) 나를 첫사랑이라고 말하던 너의 입술 위다"라고 표현했습니다.

첫눈 오면 만나자고 약속했던 첫사랑들이 저마다 가슴 속에 있을 겁니다. 여러분은 눈이 오면 설레나요? 아님, 길 막힐 생각에 속이 답답해지나요? 대답은 "그때 그때 달라요."

ⓒ 장성하

재야의 고수

아이 : 엄마, 난 어떻게 태어났어?

엄마 : (당황하며) 음……넌 말이지, 호랑이가 우리 집 대문 앞에 물어다 놨어.

아이 : 우와~아빠는?

엄마 : 아빠도 그렇게 태어나셨지.

아이 : 히야! 그럼 할아버지두 마찬가지였겠네?

엄마 : 그렇지, 이제 알겠니?

아이 : 그런데 이상해! 그럼 우리 집엔 3대 동안 성관계가 한 번두 없었단 말이야?

조금 야한(?)유머로 시작해 엄마는 아이의 눈높이에 맞춰 성교육을 한다고는 했지만 아이는 그 이상(?)을 알고 있습니다.

당연히 모를 거라고 생각했던 상대방이 더 해박한 지식으로 되받아 치면 순간 당황합니다. 이른바, '재야의 고수'들은 우리들 주변에 숱하게 많습니다. 나와 같이 워킹수업하시는 모델 분들만 봐도 외교관, 보디빌더에 역술인, 문인, 연극배우, 교수 등 정말 다양합니다.

TV 프로그램 〈유 퀴즈 온 더 블록〉에서 만나는 일반인들의 살아가는 얘기를 들어보면 이들이야 말로 재야의 고수입니다. 그들의 삶 하나하나가 보석처럼 빛납니다. 춘천에서 만난 한 할머니는 "청춘이 뭐라고 생각하세요?"라는 질문에 "청춘은 내가 살아있는 한 청춘이다."라고 당당하게 말합니다.

그 누구의 인생도 허투루 볼 게 절대 없습니다. 내 삶이 다른 이에게 귀감이 될 수 있고 다른 분의 삶이 나한테 울림을 줄 수 있습니다. 너도 나도 각자 인생에서 자기만이 터득한 방식으로 사는 재야의 고수입니다.

처음처럼

신영복 선생은 "산다는 것은 수많은 처음을 만들어 가는 끊임 없는 시작이다."라고 했습니다.

새해가 되면 마음가짐을 새롭게 잡습니다. 아니 그래야만 될 것 같은 초조함도 한 몫 합니다. 이거 해야지 저거 해야지 하며 마음이라도 먹으면 지금보다는 조금은 더 나아 질 것 같아 스스로 위안이 됩니다.

얼핏 이런 생각을 해 봅니다. 해를 더하면서 그동안 보태온 내 다짐의 수는 얼마일까? 또 그것들은 얼마큼 현실이 됐을까? 세어 보진 않았지만 모르긴 몰라도 거의 상당수는 다음 해로 넘어가서 또 보태지고 어떤 것은 사라지고 했을 겁니다.

이젠 더 보탤 게 아니라 초심을 지킬 때입니다. 시니어모델을 시작할 때 '즐거우면 됐지 뭐……' 하며 마음먹었던 각오는 18개월이 지난 지금도 그대로일까? 아닙니다. 욕 심이 더 붙었습니다. 그 욕심으로 때로는 조급해 했고 더 나아지는 것에 집착하기도 했 습니다.

    나아지는 것이 나쁘다는 것은 아니지만 그러면서 애탔던 조바심이 왠지 스스로는
추해보여서 얼굴이 화끈합니다.

    "일이 막히고 궁지에 빠지면 처음 일을 시작했을 때 마음으로 되돌아가라."
    (事窮勢蹙之人 當原其初心, 채근담)

    새해, 더 보태지 않고 '처음처럼'을 다짐해 봅니다.

ⓒ 장성하

섣부른 충고

'충조평판'을 아십니까? 충고와 조언, 평가와 판단을 말합니다. 힘들어 하는 누군가와 얘기를 할 때면 위안을 해준답시고 어김없이 충조평판을 합니다. 특히 부모가 자녀한테 하는 말은 거의 그렇습니다. 나도 마찬가지입니다. 나이 들수록 군걱정이 많아지다 보니 더 그런지도 모릅니다.

정신과 전문의 정혜신 씨는 충조평판이야말로 상대방의 존재 자체를 부정하고 관계를 파괴하는 비수이자 표창이라고 말합니다. "사람과의 관계란 나도 너도 있는데 충조평판은 나만 있고 너는 없는 관계입니다. 나는 아는 자, 너는 모르는 자, 나는 깨달은 자, 너는 어리석은 자라는 게 깔려 있습니다. 내가 틀릴 수 있다는 의심은 추호도 하지 않을 때, 상대를 개별적 존재로 인정하지 않을 때 나올 수 있는 게 충조평판입니다."

흔한 예로, 아내가 남편한테 누군가에게 당한 억울한 일을 얘기하면 남편은 평가를 하고 판단을 내립니다. 자신은 아주 합리적이고 객관적임을 강조하면서. 그 바른 말은 어김없이 상대에게 상처를 줍니다. 억울한 마음을 위로해 달라고 말을

284

꺼낸 건데 소금을 뿌렸으니 다시는 얘기를 나누고 싶지 않을 겁니다. 이럴 땐 충조평판이 아니라 마음을 물어보라고 말합니다.

"'어떤 마음인데요?', '무슨 일이 있었는데요?' 그러면 알게 되고, 알게 되면 공감이 됩니다. 묻기 전에는 모릅니다."

그러지 않으려고 애를 쓰면서도 나도 모르게 나오는 충조평판. 사람 마음은 역시 구만리입니다.

ⓒ 장성하

자신한테 투자하기

나한테 '참, 잘했어!' 라고 칭찬하는 좋은 습관 세 가지가 있습니다. 첫째는, 담배와 술을 안 하는 것이고 둘째는, 웬만하면 걷는 것, 마지막은 꾸준히 운동해 온 것입니다.

담배는 학교에서도 직장에서도 군대에서까지도 피우라고 강요한 사람이 없었고 시도할 용기도 못 내서 끝내 가까이 하지 못했습니다. 술은 소주 한 잔에 얼굴이 붉어지고 석 잔이면 위에서 울렁울렁 신호를 보냅니다. 남들이 보면 혼자 다 마신 듯해서 '가성비'는 최고입니다. 그러고 보니 둘 다 안 한 게 아니라 못 한것입니다.

걷는 건 어릴 적부터 붙은 습관입니다. 〈워킹일기〉에서 밝힌 것처럼 운전도 서툴고 걷는 게 좋아서 어지간하면 그냥 걷습니다. 운동은 헬스와 탁구입니다. 헬스는 16년 째 하고 있습니다. 이젠 중독이 돼서 거르면 불안할 정도가 됐습니다. 탁구는 직장 대표로 나갈 만큼의 실력입니다. 주특기는 공포의 드라이브. 상대방이 공포를 느끼는 지는 잘 모르겠지만……

허리에 협착이 와서 근력을 키우는 게 도움이 된다는 의사 권유로 헬스를 시작한 지 3개월, 자세도 좋아지고 어깨도 펴지고……. 내친 김에 대회도 나가보라는 말에 반년 동안 준비해서 세계 피트니스 대회에서 2위를 했다는 76살의 '몸짱 할머니'. 그 분 말씀이 울림을 줍니다.

"건강 하나로 누군가의 롤모델이 된다니 뿌듯합니다. 우리 엄마들, 찜질방이나 가고 뭘 하고 싶어도 포기하고 살잖아요. 자신에게 투자하세요. 건강하게 즐겁게 살기 딱 좋은 나이 아니겠어요?"

ⓒ 현대백화점

내 삶이 별 볼 일 없다고 느낄 때

평소 잘 지내다가도 문득, 정말 문득 내 삶을 들여다 볼 때가 있습니다. 난 잘하고 있는 건가? 내가 바라는 대로 살고는 있나? 남보다 너무 뒤처진 것 아닌가? 너무 평범한 것 아니야? 이런 저런 생각으로 심란하고 우울해 집니다. 자신을 믿지 못해서일 겁니다.

노년을 다룬 콘텐츠가 늘고 있습니다. 방송과 영화도 그렇고 내가 몸담은 패션 쪽을 보면 더욱 실감합니다. 어느 평론가는 "노년의 삶을 먼 미래의 남 얘기가 아니라 곧 닥칠 내 얘기로 바라보는 중년 관객층이 더해졌기 때문"이라고 말합니다.

은퇴하면서 지킬 첫 번째 가치로 '자존'을 삼았습니다. "못났건 잘났건 내가 삶의 중심이다. 재미있게 멋 부리며 살겠다." 그래서 모델이 됐습니다. 젊은이들이 나를 보고 우리 미래이고 싶다고 여기면 성공입니다. 자존은 여기저기 휘둘리는 게 아닌, 자기중심을 잡는 지혜도 포함합니다. 노년의 존엄이기도 합니다.

쓰임새

배우와 모델을 하다 보니 광고와 영화에서 단역으로 쓰일 때가 꽤 많습니다. 대사 한 마디 없는 이른바 '병풍'도 있습니다. 절대 섭섭하지 않습니다. 잠깐 스치는 배역일지라도 그 역할이 필요하니 부른 겁니다. 빠져선 안 되는 쓰임새인겁니다.

내가 누군가에게, 어디엔가 쓰임새가 된다는 건 기쁘고 뿌듯한 일입니다. 나이 들 수록 더욱 그렇습니다. 쓰임새가 크냐 작냐로 다툴 일이 아닙니다. "나는 아무 짝에도 쓸모가 없어" 과연 그럴까? 살아 온 굽이굽이가 쓰임새였고, 존재만으로도 쓰임새였습니다. 내 쓰임 없이 가족은 생겨났고 버텨냈을까?

공감

눈물이 많아졌습니다. 툭하면 흐릅니다. 연극연습하면서 상대역 아내의 대사 "내가 먼저 갈 거 같아서 미안하고, 미안하다." 영화 〈다크 워터스〉의 실제 인물인 환경변호사 롭 빌럿의 선량한 눈, 그리고 요즘 뉴스로 자주 듣게 되는 극단적인 선택, 또 죽음…….

슬픔이나 기쁨이나 느낌은 객관적이지만 마주하는 정도는 주관적입니다. 그 공감의 폭이 좁아져야 사람끼리 기댈 맛이 납니다. 메마른 때, 툭하면 눈물이 솟고 톡 치면 웃음이 터지는 여린 세상이 됐으면 좋겠습니다.

손주 자랑

"나이가 먹으면 먹을수록 세상에서 제일 귀여운 게 자식인 줄 알았던 생각을 수정하게 만드는 존재. 얼음장 같은 사람의 마음도 풀어지게 하는 지상 최고의 귀여운 생물체다"

네티즌들이 직접 만드는 백과사전인 《나무위키》의 '손주'에 관한 설명입니다. 재밌지 않습니까? 예전에는 마흔 살 쯤 되면 손주를 보았으나 결혼이 늦어지면서 지금은 대체로 예순 살 쯤으로 늦춰졌습니다. 게다가 결혼이 점점 늦어지는 지금 추세라면 이보다 더 늦은 여든에 가야 첫 손주를 보게 될 지도 모릅니다.

자식이나 며느리, 사위 등은 사이가 나빠질 수 있으나 정작 그들이 낳은 손주는 끔찍하게 아끼는 경우가 많습니다. 나야 아직 경험을 못했습니다만, 내 지인이나 친구들에게 물어보면 어김없이 "너도 손주 보면 알게 돼"라고 말합니다. 그들 휴대전화 바탕화면엔 한 결 같이 손주 얼굴이 떡하니 박혀 있습니다.

손주 자랑이 워낙 세다보니, 예전에는 정 자랑하고 싶으면 만 원 씩 내라고 했는데 요즘은 미리 만 원 씩 걷어주며 손주 자랑을 하지 말라고 한답니다. 자식을 키울 때 몰랐던 정이 손주들에게는 끝도 없이 흘러나옵니다. 아직은 관심 없는 나도 귀가 솔깃해 집니다.

얼마 전 출연했던 영화에서, 한 편(주연)은 자체 영화제에서 1등을 했고 또 한 편(단역)은 배급사와 계약을 맺었다는 연락을 받았습니다. 이 기분이 손주 자랑의 욕망과 비슷하지 않나 생각해 봅니다. 누군가에겐 손주 뻘 되는 아이들이 열심히 영화를 만들어 상을 받았다니 어찌나 예쁘고 대견하고 기특한 지요.

허허~이런, 만 원 내고 자랑했어야 했나요?

겨울 나그네

겨울이라 슈베르트의 《겨울 나그네》를 듣습니다. 바리톤 토마스 크바스토프의 온화한 목소리로 듣습니다. 이 분은 두 다리와 두 팔이 없습니다. 그럼에도 열정 하나로 뛰어난 음성과 음악성, 훌륭한 인격을 두루 갖춘 예술가가 됐습니다.

영화 《겨울 나그네》가 떠오릅니다. 1986년 개봉할 때 20대 중반의 풋풋한 청년이 던 나는 영화 속 '피리 부는 소년' 민우가 안타까워 울컥 이는 가슴을 안고 그날 밤 잠을 뒤척인 기억이 또렷합니다.

최인호 씨의 소설 속 민우의 별명은 에두아르 마네가 그린 명화 《피리 부는 소 년》에서 영감을 얻었다는데 텅 빈 공간에서 아무 표정 없이 피리를 입술에 댄 앳된 소년의 모습이 영락없이 우수에 찬 민우의 그 얼굴입니다.

돌아가고 싶어도 너무 멀리 와서 돌아가지 못하고 떠도는, 어쩌면 흘러가는 시 간 앞에서 어쩌지 못하는, 나그네 같은 우리네 삶을 암시하고 있습니다. 우리들의 젊은 날도 각기 조금씩은 다르지만 때로는 설레며 아파하고 방황했을 겁니다.

겨울을 떠도는 나그네처럼 말이죠.

그 사람은 어디에 있는가. 그 사람은 어디로 갔는가. 옛날을 말하던 기쁜 우
리들의 젊은 날은 어디로 갔는가. 이제는 다시는 돌아오지 못한다. 기쁜 우
리들의 젊은 날은 저녁놀 속에 사라지는 굴뚝위의 흰 연기와도 같았나니.
−최인호, 〈겨울 나그네〉 중에서

여러분의 기쁜 젊은 날은 어디로 갔나요? 새로움에 도전한다며 나그네처럼 집을
떠나 세월 지난 지금도 그 길로 뚜벅뚜벅 걸어가고 있나요?

괜히 마음 짠해지는 1월 마지막 날입니다.

아버지

나는 아버지와 추억이 그리 많지 않습니다. 중학교 2학년인 열 세살 때 돌아가셨으니까요. 창경원(지금 창경궁)에서 뛰놀다 넘어져 무릎이 까진 일, 결혼식장에서 답례품으로 준 찹쌀떡 상자에 모래를 담아 젓가락으로 천자문을 쓰며 배웠던 기억 등이 조각조각 한장의 사진과 함께 겨우 남아 있는 정도입니다.

지금 내 나이를 겪어보지 못하고, 고향인 함경도에도 가보지 못한 채 세상을 뜨셨습니다. 아버지는 어떻게 자라셨고 무슨 꿈을 꾸셨으며 어떤 일을 해 오셨는지를 묻지 못했고 알지 못합니다. 아무리 어렸더라도 살갑게 다가가 이것저것 물어봤으면 옛날 얘기 마냥 들을 수도 있었을 텐데……. 후회되고 안타깝습니다.

얼마 전 〈스토리 텔〉이라는 오디오 북 광고에서 부자지간을 경험했습니다. 오디오 북은 말 그대로 보는 게 아니라 듣는 책입니다. 광고 콘셉트는 난생 처음 아버지와 단둘이 여행을 떠난 아들이 오디오 북을 이어폰으로 나눠 들으며 서먹서먹하던 감정을 풀어 나간다는 내용입니다.

ⓒ유효종

　광고 속에서 아버지와 아들은 경포대 바다를 함께 바라봅니다. 시장 통에 들러 닭 강정을 먹고, 횟집에서 소주도 함께 마십니다. 아들의 앞 접시에 회 한 조각을 넌지시 건네는 아버지의 미소도 보여 줍니다. 아버지가 계셨다면 나는 이럴 수 있었을까? 자신이 없습니다.

　아버지가 그립습니다.

나이 드니 전성기

"선생님 기사를 우연히 읽고 인터뷰를 하고 싶다"면서 온라인 잡지사에서 메시지가 왔습니다. 매체 이름이 눈길을 끕니다. '전성기 매거진'.

누구에게나 한번은 뽐내고 싶은 전성기가 있습니다. "내가 왕년에는 말이야~"하면서 나오는 얘기가 바로 그거죠. 추억은 서로 다를 텐데 내용은 비슷비슷합니다. 붕붕 날아 다녔고 깡패 서너 명 정도는 주먹 한 방에 보냈고 나를 쫓아 다니는 남학생 수가 운동장 한 바퀴를 돌고도 남았다.

은퇴한 뒤 일이 없어 위축됐거나 그동안 자신이 뭘 했나 싶어 힘 빠진 우리 나이대 분들이 약해 보이지 않으려고 할 때 나오는 큰소리입니다. 뻥이야 좀 섞였겠지만 크던 작던 분명 한창인 때가 있었습니다. 젊음으로 미모로 지식으로 능력으로 찬란히 빛났던 그 전성기.

누군가가 계산을 해 봤다죠. 20세부터 60세까지 하루 8시간 일한다고 치면 모두 11만 6,800시간이랍니다. 그럼 은퇴한 뒤 60세부터 80세까지의 시간은 어떤가? 잠자는 시간 8시간을 빼더라도 얼추 11만 6,800시간으로 은퇴 전까지 일하던 시간과 일치한다고 합니다.

그렇다면, 전성기는 옛날에 멈추고 박제된 것이 아니라 다시 살려낼 수 있는 시간입니다. 자신이 만들어가기 나름입니다. 옛날과 달리 남 눈치 볼 것도 없습니다. 인생의 '진짜 주인공'이 될 때입니다. 나이는 우리에게 질병과 주름만 주는 게 아니라 그 나이가 돼야 어울리는 멋도 주었기 때문입니다.

책을 낸다면, 제목은 이렇게 짓겠습니다.《나이 드니 전성기》.

내리막 턱에서

삶은 손풍금 바람통처럼 여러 겹으로 접혀져 있다가
하나씩하나씩 펼쳐지며 다른 음색을 만들어 낸다.
제 멋에 젖는 재즈일 때도, 블루스처럼 애절할 때도 있다.
차별과 불평등을 래퍼같이 토해내다가도 언제 그랬냐는 듯
클래식처럼 점잖아진다.

내 삶은 그동안 굽이굽이 어떻게 펼쳐졌을까?
어디쯤에서 아파했고, 어느 언덕에서 쓰러졌을까?
다시 일어선 데는 어디였고, 어느 길에서 내달렸을까?
한바탕 휘돌고 지나간 자리, 내리막 턱에서 땀 훔치며 앉아 있다.

'반전인 삶'을 책으로 엮었다.
글이 두터울 지는 괘념치 않겠다.
기를 써도 내 생각의 높이는 그 정도일테니까.
다만, 내 도전과 방향만이 옳고 바람직한 것처럼 오해되지 않길 바란다.
세상 수천 만 가지 삶의 길 중 고작 하나에 지나지 않으니까.
모두가 고맙다.

시니어모델 유효종의 뒤늦은 '딴짓'

나이 드니 전성기

지 은 이 **유효종**
펴 낸 곳 **포크플러스/도서출판 왈왈**
펴 낸 이 **백창우**
펴 낸 날 **2020년 9월 15일**

책 임 편 집 **장성하**
디 자 인 **그래픽시선**
표 지 그 림 **김보용**
일 러 스 트 **김보용 김수경**
사   진 **장성하 제이액터스 유효종 이호 현대백화점 지홍재**

도서출판 **왈왈**   10859 경기도 파주시 탄현면 헤이리마을길 93-75 더스텝 211호
출 판 등 록   제406-2011-000133호
전 자 우 편   walwalc@naver.com

ISBN: 979-11-960857-3-5 03810
책값은 뒷표지에 있습니다.

이 도서의 국립중앙도서관 출판예정도서목록(CIP)은 서지정보유통지원시스템 홈페이지(http://seoji.nl.go.kr)와
국가자료종합목록 구축시스템(http://kolis-net.nl.go.kr)에서 이용하실 수 있습니다.
(CIP제어번호: CIP2020032857)